读客悬疑文库

认准读客读悬疑,本本都是大师级。

歲時記

遗书谜案

[日] 依井贵裕 著
张舟 译

ダイアリイ

文匯出版社

图书在版编目（CIP）数据

遗书谜案 /（日）依井贵裕著；张舟译. -- 上海：
文汇出版社, 2025. 8. -- ISBN 978-7-5496-4565-7

Ⅰ. I313.45

中国国家版本馆CIP数据核字第2025KP7327号

"DIARY" by TAKAHIRO YORII
Copyright © 1991 Takahiro Yorii
All Rights Reserved.
This Simplified Chinese Language Edition is published by arrangement between
TAKAHIRO YORII and Dook Media Group Limited under the care of East West Culture
& Media Co., Ltd., Tokyo

中文版权 © 2025 读客文化股份有限公司
经授权，读客文化股份有限公司拥有本书中文（简体）版权
著作权合同登记号：09-2025-0455

遗书谜案

作　　者 /	［日］依井贵裕
译　　者 /	张　舟
责任编辑 /	邱奕霖
特约编辑 /	张　齐　　徐陈健
封面设计 /	陈艳丽　　李子琪
出版发行 /	**文汇**出版社 上海市威海路755号 （邮政编码200041）
经　　销 /	全国新华书店
印刷装订 /	河北中科印刷科技发展有限公司
版　　次 /	2025年8月第1版
印　　次 /	2025年8月第1次印刷
开　　本 /	880mm×1230mm　1/32
字　　数 /	166千字
印　　张 /	8.75

ISBN 978-7-5496-4565-7
定　　价 /　49.90元

侵权必究
装订质量问题，请致电010-87681002（免费更换，邮寄到付）

目录

序幕 …………………………………………… 001

问题篇 ………………………………………… 009
  Ⅰ 罪犯是叙述者? ………………………… 011
  Ⅱ 被托付的日记 …………………………… 028
  岁时记 ……………………………………… 041
  第一章 秋千的死角 ……………………… 043
  第二章 黑暗中并立的坟墓 ……………… 078
  第三章 能面才是本来面目 ……………… 108
  第四章 华丽地犯错 ……………………… 141
  第五章 爽快的尽头 ……………………… 176

致读者的挑战书 ……………………………… 205

解答篇 ………………………………………… 207
  Ⅲ 心意自然流露 …………………………… 209
  Ⅳ 急于赴死的理由 ………………………… 244

尾声 …………………………………………… 267

序幕

不知何时风停了。纠缠着肌肤的暑热更深了一层。

验尸官杉原挽起白衣的袖管,借此将视线慢慢挪离尸体。从刚才开始她便感到有些窒息。并非因为从头顶的高速公路上泻下的尘埃和汽车尾气,也不好说是连日来的酷暑——接连打破历史纪录的酷暑——所致。显然它来自对尸体的嫌恶。

死者多半是从楼顶跳下来的。相比其他死法,这具尸体确实丑陋。由于跌落时脸朝下,所以面部扭曲变形,以至于辨不出是谁。缓慢流出的血因接触灼热的柏油马路而早早地干涸了。从肘部刺出的骨头阴森恐怖,整具尸体呈现出异样的姿态,使人联想起瑜伽的动作。尸体已面目全非,难以相信死者生前是一个年轻女子。

不过,说到情况糟糕的尸体,更惨不忍睹的杉原也见过不少次。散发着灼烤动物肉体时那种令人作呕的气味、全身被烧烂的尸体;浸泡在黑红色的血泊中、头被砍去的尸体;蛆虫密集、腐臭刺鼻、死后数日才被发现的尸体……光是想象便觉毛骨悚然，然而过去检视那样的尸体时，她从不曾有过嫌恶感。她以为自己选择了不适合女性的职业，见过数千具尸体，所以这种感觉已然麻木。

"不要紧吧？"

回过神时，年轻刑警搂着她的肩头扶住了她，是中野刑警。不知何时窒息转为了恶心，就像是妊娠反应。杉原从怀里掏出手帕，轻轻闭上双眼，擦去额头渗出的汗。

感觉风势略有复起。虽说不过是稍稍搅动了温湿的空气，但总比完全没有好些。暑气之中竟升腾起了蜃景来，眼前的一切看着都是歪歪扭扭的。

"一下子站起来头晕了？"中野刑警的气息喷在她的右耳上。

中野有一副好相貌，比起警察来倒更适合当男模特。人不算高，但浓眉大眼野性十足，如电光一般的视线凝视着这边。天气这么热不可能不出汗，但不知为何他的衬衫上却散发着安泰俄斯香水的味道。

杉原回以模糊的微笑，离开中野刑警，将膝头抵在尸体旁，一边对抗呕吐感，一边开始例行检查。其间她始终用手帕紧紧地捂着嘴。

"有人目睹了她跳下来的瞬间——从空中砸向地面的那一幕。"中西刑警从她身后搭话。此人的年纪正处于"银发风流男"与"中年魅力男"之间,眼神温厚无比,长着一张柔和亲切的脸。不过,一笑便会在眼角增加的皱纹数,低调地展示了其饱经沧桑的人生。

"所以,从这楼上跌下是确凿无疑的。问题在于她是自己跳下来的,还是被人推下来的。"

杉原依然用手帕捂着嘴,以含混的语声回应道:"尸体表面不见擦伤。如果是被人推下来的,通常会在手掌、胳膊内侧、肘部、膝盖留下抵抗时的擦伤。"

"确实。"中西刑警表示赞同,"但也可能是出其不意。或者也可以认为被害者无法抵抗。"

杉原默默地点头,说道:"我会在解剖时检验她是否服用过药物。至于死因和死亡推定时间,我也会在解剖结果中作详细汇报。"

"明白了。这就够了,毕竟连目击者都有了。"

中西刑警话音未落,数名刑警钻过阻挡人群的围绳,跑了过来。似乎是为了报告目击者的证词和尸体身份确认的结果。然而,早在看到尸体右手腕的伤痕时,杉原便已确定了此人的身份。手腕上的伤绝无可能认错。

"你怎么了?"

杉原慢慢起身,正要向围绳外走去,中野刑警的语声从背后传来。她站住脚,把捂着嘴的手帕收入怀中。

"杉原验尸官,你今天很反常啊,跟平时不太一样。"

杉原微微摇头，一言不发地钻过围绳，远离围观群众而去。

阳光如火烧一般。因汽车尾气和空调外机的热量，暑气被放大了。或许是气候异常的缘故，此处唯有毒辣的日头，却不见雷阵雨的降临。柏油马路一隅的少量积土已变为白色，露头的几根杂草也萎靡不振。

汽车成排地停放在那里。这是大都市随处都有的问题，但大阪尤为严重。违章停车的现象触目惊心。更有人松垮着领带，衣冠不整地在车里睡觉——大概是推销员。车前盖遭受阳光的直射，烫得怕是能立刻煎熟荷包蛋。

高速公路底下的阴凉处要好受一些。中野刑警默默地跟在杉原身后。杉原无奈地停下脚步，从右侧口袋取出香烟。她给自己立过规矩：不在工作时间抽烟。一只手从侧旁伸来，递上了打火机。

"这起案子会作为他杀案来调查？"杉原深吸一口烟，问道。

"现阶段还什么都不好说。总之，楼顶上没有遗书。"

"是吗？"

调查才刚开始，多半还没定下方针。这话听起来不像是在搪塞外人。

"但这起肯定是自杀。"杉原的视线游走于大楼的窗户，她假装自言自语，故意放低声音说道。但是，中野刑警没有听漏这断定式的措辞，顷刻间目光变得严肃起来。

"你是怎么知道的？"中野凌厉地追问道。

"因为她以前自杀过一次,是割腕。"杉原徐徐吐出烟团,"你没发现尸体右手腕上的伤吗?还比较新。那孩子曾经自杀未遂。"

"那孩子?"

"说起来,那孩子很讨厌香烟。"

杉原抛下只抽了两三口的烟,用脚轻轻地踩碎,随后捡起烟头,收入随身携带的烟盒。

"见到尸体后产生嫌恶感,可是我上大学以来的头一遭。"

中野刑警一脸惊讶,反问道:"嫌恶感?"

"是的。这就是我今天比较反常的原因。"

感觉风又停了。车辆行驶在高速公路上的声音显得越发响亮。杉原悄然垂目,喃喃自语似的低声说道:"那手腕上的伤,不可能错的。是木之叶……我检查的那具尸体,就在短短一小时前还是我唯一的外甥女。"

她的说话声几乎被车辆的噪声所掩盖。

问题篇

I 罪犯是叙述者？

租住的房间响起敲门声时，多根井理正在为社团的内部期刊撰稿。这篇题为 *Forget-me-not*（《勿忘我》）的微型小说构思精巧，把之前从未出场的罪犯的名字作为最后一句话，是那种想一口气写完的作品。*DETECT*（《探测》）杂志第33期的截稿日期被定在今夏社团集体研修开始之前，已然迫在眉睫。

听到低低的敲门声，理条件反射式地望向门口，嘴里轻轻地"嗯？"了一声。写作被迫中断，理也知道自己正皱着眉头。

来的无非是大学里的朋友或社团的前辈。虽说现在离末班车的时间还早，但肯定不会有错。这间房离大学相对较近，所以从入住之日起，理就屡遭"奇袭"。为此，有时理还没法去上第一堂课，丢了重要的学分。

也可能是隔壁爱看录像的友人。如果是住在丰中，每天来去位于西宫的这所大学应该也很方便，但隔壁那位友人是个房地产商的儿子，家境富裕，便叫父母承担房租，过上了随心所欲的生活。虽然对方解释说是因为俱乐部有活动会弄得很晚才搬到这边，可那所谓的俱乐部是一家人偶剧团，理觉得这与其说是解释，倒更像是一种借口。

不管是谁，都不该放他进来。私塾正在办夏季讲习班，理本打算写完这篇文章后，研究一下讲习的教材。与生活优越的其他大学生不同，没人会给理寄钱，房租就不用说了，连生活费都得自己挣。理容不得时间上的浪费。

特别是住在隔壁的友人，还曾经摆出一副只是蹭你一点零食的嘴脸，就掠走了理拿回来当晚饭的宝贵比萨。绝对不能放他进来。这种时候最好的手段就是假装不在家。理故意一声不吭。

"咚咚！"

刚才的敲门声较为轻微，这次则响亮得清晰可闻。总感觉很奇怪。要说谁会在这种时候过来，应该也就只有大学里的朋友或社团的前辈了。就算不对，顶多也是上门来收报纸订阅费的小哥吧。如果来的是房东，应该会呼叫姓名。

"谁？"想到没准儿是来历不明的新兴宗教团体，理用极不痛快的声音回应道。以前也有人在这个时间段上门，说什么"给你清一清血"。

"是多根井同学吗？"门外一个平和的男声说道。听着耳生，带有地方口音，而且光听声音感觉对方的年纪相当大。

"是的，请问您是哪位？"

理改变了语气,但还是无意开门。

"咱叫新井进介,是田部木之叶的舅舅。"

"您是田部学姐的……"

"是的。咱来这里是想和您谈谈木之叶的事。"

田部学姐……理加入社团时她上大四,是推理小说同好会里唯一的女性。和其他热衷玩牌、爱捉弄人的前辈不同,她是唯一一个认真对待理的人。两人只相处了短短一年,但由于阅读口味和对推理小说的见解相似,所以理和她交谈的机会很多。虽是女性,但要说她是理最感亲近的前辈也毫不为过。

大三时,学姐与同届的一个学生结婚了。此人名叫多野,专攻经济学。姓氏虽然变了,但"田部学姐"这个称呼还是一如既往。毕业后学姐搬往东京居住,那里是她丈夫的就职之处,也是丈夫老家所在的地方。据说两人生活幸福美满。这些都是今年春季的事,到了暑假,大家把社团集体研修的地点定在东京,就等着到时听她讲后来的情况。

不料,就在两个星期前,学姐从大阪市内的摩天大厦跳楼自杀了。她去东京后到底发生了什么?对一无所知的社团成员们来说,临近集体研修时听到此事,无异于晴天霹雳。据说葬礼也已在东京举行,除了从报纸上得到的信息,理对其他情况一概不知。

理开门后,自称新井的男人低头致歉:"这么晚突然上门叨扰,真是抱歉。"

此人体格壮硕，身高约一米八。不光是身体，手脚也大。或许是天生体毛稀疏，他的脸上几乎没有胡子。从衬衫里露出的胳膊上也只生了细软的汗毛。不过只有头发例外，头顶部分虽有些稀疏，但发色还是黝黑的。

理的公寓里热得犹如蒸汽浴室。房间在二楼，却感觉不到风从窗户吹入的动静。因为不想让文件四处散落，理也没有开电风扇。作为代用品的大团扇则被丢在租房自带的床上。桌上摆着出汗的手写下的原稿，纸的边角都卷起来了。

"请进。"

理把新井让进房间。屋内狭小，仅四张半榻榻米大[1]，不过一个人的话，还是能腾出坐的空间。理关上门，收拾原稿，略有些慌乱地打开电风扇。闷热之中响起了马达的声音。理从冰箱中取出苹果汁，倒入小玻璃杯，又放进了许多冰块。

"来得突然，真是不好意思。"新井听从劝说在指定的地方坐下，再次低头道歉。也许是下班后直接过来的，他身穿做工考究的西装，手里捧着一个纸包。淡蓝色条纹的领带打得严严实实，仅有一处缝着刺绣，显得胸前十分清爽，不是名牌，但看起来价格不菲，感觉此人颇懂穿戴之道。

新井因发色黝黑而显得年轻，但恐怕已过了四十五岁，言谈和镇静的举止给人经验丰富的感觉。玳瑁框的眼镜是惠灵顿

---

[1] 约为7.29平方米。一张榻榻米面积约为1.62平方米。——编者注

型的,洋溢着浓厚的知性气息。发型则是精准的三七开,使人联想到能干的管理人员。

只是,此人脸上露出的绝非开朗之色。眉间竖起重重皱纹,镜片后的眼睛疲惫不堪。皮肤也不够润泽,缺少弹性。唯有紧抿的嘴唇显示出强烈的决心。

"请您收下。"

新井把手中的纸包放置一旁,从怀里取出名片。理伸双手收下,瞻仰似的辨认上面的字……他是警察。

"因工作关系,咱无法事先和您约定时间。"

名片上写的是"公安部公安第一科科长"。理不太了解警察组织,只知公安部是调查极端派之类的地方。此外,理也猜不出这个年纪身居此职,算不算飞黄腾达。话虽如此,身为推理小说同好会的成员,理当然知道这个部门与调查杀人或抢劫的刑事部不一样。

"您是在想现役警官为什么会上门来吧?这也难怪。不过,关于原因咱过后会做说明。无论如何,咱都想听听多根井同学的意见。"

新井滔滔不绝,语速飞快,理甚至插不上嘴。歇口气的时候,新井似乎终于觉得热了,脱下西装置于身侧,从胸前的口袋里掏出手帕。印有几何图案的手帕美观大方,被熨烫得妥妥帖帖。

"问我的意见?"理睁大了眼睛。

新井不以为意,重重地点头。

"没错。木之叶自杀的事,您已经知道了吧?"

理点了点头。

"最初咱也曾怀疑是自杀。虽然没有遗书。但是,尸体上没有抵抗时留下的擦伤,也没有用药物让她失去抵抗能力的痕迹,加之有人看到她是一个人上的楼顶,所以警方认定是自杀。"

"这个是官方见解吧?"

"是的。咱问过刑事部的老同学,信息准确无误,对内对外都是一个说法。"

"原来如此。"理微笑道,"不过,我听说学姐的脸部残破不堪,难以判别是谁的尸体。"

"确实。"新井的脸颊略显僵硬,"但是,确认尸体的人是咱,检查尸体的人是舍妹。尸体毫无疑问是木之叶的。毕竟我们两个都是专业的。"

"是您妹妹检查的尸体?"

"嗯。她是验尸官。结婚后改姓为'杉原'。"

理想起了那位女验尸官,想起了她勉为其难似的穿着一身白衣的样子。那个充满妖冶魅力的女人原来是田部学姐的姨母。

"润子……也就是舍妹可还记得您呢,热心地劝咱来听听您的意见。听说您曾经解决了大学研讨班上发生的连环杀人案。"

理一笑不笑，表情严肃地说道："是我僭越了。"

新井摇头道："咱们回归原题吧。刚才咱不是说到尸体肯定是木之叶的吗？"

理轻轻点头。

"这一点通过身上的衣服和随身携带的物品也得到了确认。另外，指纹也与她本人的一致，毫无疑问。"

"也就是说，不存在调换尸体的情况？"

"对。进而，尸体右手腕上的伤也肯定是木之叶的。"

"手腕上的伤？"

听了理的反问，新井面露惊讶之色。

"您不知道木之叶曾试图割腕自杀？"

"是的。学姐去东京后就杳无音信了。"

"原来是这样。"新井长长叹了口气，说道，"毕竟在大阪的时候，她好像还过得很幸福，根本想不到会遭遇那样的不幸。应该是她不便主动来联系你们。不，感觉她是根本想不到来联系你们。"

理心急火燎地催促道："到底是什么样的不幸？"

"自杀的导火索是飞机失事，木之叶的丈夫运君因飞机坠落事故而死。"新井用手帕擦着额头的汗，继续说道，"木之叶是咱另一个妹妹的女儿，但不是亲生的。妹妹、妹夫膝下无子，便从孤儿院领养了这个孩子。木之叶这孩子从小就知道这件事，好像一直为此而烦恼，只是嘴上没说。"

"这件事我听说了。"

新井以眼神示意他听见了。

"木之叶好像一直希望有自己的血亲。所以相比旁人，结婚对她来说重要得多。重要的点在于她能得到与自己血脉相连的孩子、与自己血脉相连的家人。"

理叹了口气。

"然后，说句土气一点的话，木之叶深爱着运君。她没法跟别的人再婚。"

"原来如此……我明白了。"理无法再像平常那样说话，"所以学姐就试图割腕自杀了？"

"是的。幸好当时没有自杀成功。"

理无言以对，只是闭上眼睛，摇了摇头，轻轻咬住嘴唇，随后长出了一口气，默然低下头。

"然而，真正的悲剧是从那时开始的。"新井摘下眼镜，用手帕拭去眼眶周围的汗，以强有力的语气对理说。他目光炯炯，一度无精打采的脸上似乎恢复了生气。

"自杀未遂后，木之叶一度有所振作。因为入院治疗时她得知自己怀孕了。搞出那么大的动静竟然也没流产。总之，木之叶似乎看到了人生的意义，准备好好抚养孩子。运君的双亲也都是好人，把怀着孩子的儿媳妇接过去照料。"

"原来如此。怪不得学姐出院后也没回大阪的老家，而是在东京的公婆家。"

"是的。那边的老两口好像很疼爱木之叶,说是就像又生了个女儿来代替儿子似的。这些事咱也听木之叶亲口说过几次。"新井微微一笑,有那么一瞬间他的目光似乎投向了远方,"然而就在这时,木之叶的母亲病危了。木之叶的父亲早在她上中学时就死了,从那以后她母亲就一直跟着咱住。木之叶接到消息,急忙从东京赶到咱家。明明身体还没完全调理好,却硬是要坐新干线回来,可还是没能赶上。就在木之叶赶到的三十分钟前,她母亲去世了。"

理气息微弱地低语道:"丈夫后面紧接着是母亲啊。"

"是啊。然后,母亲后面紧接着又是肚里的孩子。身体不好还勉强坐车,再加上丧母的打击,她流产了。"

理无言以对,不知该说些什么。理完全没想到,短短三个月内学姐竟连遭如此重大的不幸。难怪她会杳无音信。

可能是话都说完了,新井沉默下来,扶了扶玳瑁框的眼镜,紧闭双唇一言不发。许是一丝不苟的性格使然,他认真地叠好手帕,收入外衣的内口袋。这细致的动作与魁梧的身材格格不入。

附着在玻璃杯外侧的水珠汇成一滴,从杯缘滚落。电风扇的马达声填补了流淌在二人之间的沉默。

"我感觉……这里根本没有我发表意见的余地啊。"片刻后,理打破了沉默,语气沉着,回归了冷静。

"您是指在自杀动机上没有问题?"

理明确地点了点头。

"原来是这样。但事实并非如此,木之叶不是在失去孩子后马上自杀的。她回东京生活了一个月左右,突然回到大阪,然后才跳楼自杀了。"

"话虽如此……"

"而且,如果是因为这个动机自杀,她应该会留下遗书,应该会留下一些话。咱敢打包票,因为咱最清楚木之叶的性格。"新井充满自信地断言道。

理自觉被新井的气势压倒了,不得不同意他的见解。

"后来,咱在家里整理了木之叶的遗物,结果发现了这个东西。"

新井取过方才置于身侧的纸包,捧到理的面前,要理看里面的东西。纸包内有大量的高级纸,纸上的字复印得不够清晰。其页数之多,连周刊杂志大小的文件袋也装不下。纸包的角都破了。

"木之叶从高中时代起写的那些东西里,有一篇咱从没见过的作品。因为是用文字处理机打的,所以肯定是最近写的。尺寸特地被设置为原稿纸大小,感觉是小说创作,但又总觉得是替代遗书的日记。"

理从纸包里取出那沓纸,于是由文字处理机打出的字便跃入了眼帘。第一张纸上的几行字字体略大,像是作品标题和章节名。标题是《岁时记》,侧旁配有片假名的注音"ダイアリイ[1]"（日语读作daiarii）。作品被分为五章，若以原稿纸页数为计算单位，则是一部介于二百五十页至三百页之间的中篇小说。

"您已经读过了吗？"理抬起头，问道。

"读过了，是一篇推理小说。故事里每章各有一人被杀，但只有最后一个是自杀，这个人就是罪犯。文中基本是夹花式地采用第一人称和第三人称叙述，第一人称描写案发前的情况，第三人称描写警方查案的过程。不过，警方的查案方式都是胡扯的。"

理忍不住苦笑一声，说道："既然出现了第三人称叙述，感觉就不可能是替代遗书的日记了。"

"但是，咱很在意这个标题。"新井摇头道，"汉字写作'岁时记'，然后特地用片假名注音。要是没什么意义的话，木之叶应该不会这么做。您不觉得吗？"

理无言以对。至今为止理做过许多这种毫无意义的事。理过去甚至还在想语感的问题，比如汉字写作"记念树"，片假名写作"メモリアル・トゥリー[2]"（日语读作memoriaru・tourii）如何，等等。

"说起来，'岁时记'这种东西，写的应该是一年四季举

---

1 意为"日记"，英文"diary"的日式读法。——译者注（本书注释如无特别说明，均为译者注）
2 "メモリアル"意为纪念，英文"memory"的日式读法；"トゥリー"意为树，英文"tree"的日式读法。此处指本书作者依井贵裕的另一部代表作《记念树》（《記念樹：メモリアル・トゥリー》），该作主角的名字也叫作多根井理。

行的各种定例活动吧。但这篇《岁时记》时间跨度只有两三个星期。"

"可是，光凭这一点……"

"不光是这个。"新井打断理的话，"小说的舞台是东京，而东京那边发生过类似的案子。这是真事。是咱从警视厅的老朋友那里打听到的。您还记得吗？是一个叫大槻的人。"

理点了点头。高中时理曾遇到一桩杀人案，当时负责查案的警部就是大槻。人如其名，像巨木一样高大，而且感觉很靠得住。

"他也劝咱来听取您的意见。看来您在各种地方都破过案啊。"

理不得不苦笑起来。

"好了，回到原来的话题。既然现实中发生过与《岁时记》一模一样的案子，恐怕就很难认为这份原稿是纯粹的创作了。因为过于凑巧了。至少这篇小说肯定是以真实案件为蓝本的。"新井断言道，"但大槻提供的信息不止这些。有一项重大事实令咱无法简单地认定这是单纯的创作，并为咱的想法——虽然存在第三人称叙述，但《岁时记》毕竟还是日记——提供了依据。"

"到底是什么事实？"理稍显焦躁，语速飞快地问道。

与此相对的是，新井则语调缓慢，以至于让人觉得是故意为之。

"是一项令人震惊的事实——木之叶本人与案子有关联。"

玻璃杯里的冰发出咔嗒一声响。音色澄澈、清新、通透，使人一瞬间忘了夏日的酷暑。两人暂时陷入了沉默，仿佛是在欣赏那声音的余韵。

"咱说这份原稿是替代遗书的日记，指的就是这个意思。"不久，新井开口道。

"也就是说……"理已理解其意，只得咽下剩余的话，无法再继续说下去。

"警察是一种特殊的职业。作为家人一般连想都不会去想那种最糟糕的可能，可咱却会泰然自若地去想象。"新井眼神空洞，"咱是这么想的，虽然案子已因凶手的自杀而了结，但其实木之叶才是罪犯，她留下替代遗书的日记后自杀了。这份原稿是真凶木之叶记录的案情始末、罪犯手记，其自杀动机就写在这里头。"

"原来如此。回东京的那一个月也能由此而得到解释了。"

"没错。而《岁时记》应该就是在那段时间里写的。"不知为何新井显得心情沉重，"可是，无论咱怎么读，都觉得木之叶不可能是罪犯。她有完美的不在场证明，不符合罪犯的条件，绝无可能是凶手。所以咱总觉得，木之叶杀人后自杀这个想法也不太对劲。"

听着新井流畅的叙述，理缓缓闭上眼睛。田部学姐精神饱满时的模样，至今仍印刻在理的脑中。宛如轻轻安在细颈上的圆脸蛋令人印象深刻。记忆中，学姐脸上的表情总是很温柔，含着微笑，仿佛什么话都愿意倾听。

"所以，咱想拜托您读一下原稿，找出木之叶自杀的理由。"

"可是……"

"您想说还是利用警方的力量为好，是吧？"新井拦住理的话头，"这确实是通常的做法。如果请大槻读一下这个，与现实中的案子进行对照，也许能知道更多情况——不，是肯定吧。但是，咱想尊重木之叶的意志。木之叶留下这样的原稿，想来是希望有人能通过原稿分析出她自杀的理由。只要读过这份原稿，就算警察不做调查，应该也能弄清自杀动机。然后咱觉得，除了您没有人能读出其中的奥秘。"

"我吗？"

"对。这就是咱来请求您的原因。"

理摇头道："我怎么也搞不懂，为什么会是我？"

"理由很简单——这份原稿似乎是木之叶为您准备的。"

理吃了一惊，打量新井的脸。集于眉间的皱纹显示出主人的苦恼。然而，观镜片背后的眼睛，又不像是在说谎。

"咱也听木之叶提过您的事。喜欢本格推理小说，也解决过现实中发生的案子。木之叶好像对您的能力评价很高。"

"能力？"

"是的，侦探的能力。"新井重重点头，"《岁时记》写的是实际发生过的案子，但除了大槻警部、内田警部补及其他警察等寥寥数人，几乎没有以真名登场的人物。连木之叶自己都在小说中被改名为'信田叶子'（此处日语读作shinodayouko）。然而，只有您是以真名出场的。您会在前一案和后一案发生的间隙做些议论，也就是所谓的侦探角色。"

理轻轻地叹了口气，问："文中有我？"

"是的。只有您是例外，是以真实的名字出现的——作为一个被赋予解谜职责的人物登场。"新井提高声量阐述道，"所以，假如案子的真相与警方的解释不同、这篇小说后面要续上指出真凶的解决篇，那么这项工作恐怕该由您来做。想必木之叶对此颇为期待，把侦探角色给了您。因此咱认为，这篇小说是为您而写的。"

远处传来了摩托车引擎的轰鸣声。或许是暑假里众人都已回家的缘故，此处听不到住宿生走在路上的声音。平常总能听到其他房间传出的音乐声或电视声，唯独今天没有。这是一个静悄悄的夜晚。

片刻后理说道："所以您才要来请求我啊。"

新井轻轻闭上眼睛，缓缓点头。

"得知木之叶自杀时，咱觉得没有遗书这一点很是可疑。若是刚流产就自杀也能理解，可她回了东京，然后又过了将近一个月。如果真是自杀，对这一点总该有个解释吧。"

"原来如此。所以您认为这个解释是由《岁时记》完成的？"

"是的。咱认为木之叶用某种暗号写下了《岁时记》，一种只有特定的人才能解读的暗号。因此，只要那个人读了，《岁时记》应该就能作为遗书得到理解。"

"用暗号……"

"没错。而多根井同学，您无疑就是木之叶选定的那个人。毕竟您在文中担当了侦探角色，这就是咱向您提出请求的原因。希望您能读一下《岁时记》，找出木之叶自杀的理由。"

"也就是说，是田部学姐指定了我？"

新井第一次展眼舒眉："想来木之叶非常信任您。她似乎确信多根井同学能得出他人无法得出的结论。"

理长叹了一口气，注视着新井的眼睛，点了点头。

"明白了。我姑且一读，就当是读学姐的新作了。请允许我抱着这种轻松的心态。"

"这样就行。"新井把纸包推向理，"如果您读完后没弄明白，那也是没办法的事。另外，就算木之叶是命案的真凶，是因此而自杀的，咱也有心理准备。您不必顾虑太多。"

理面露清风一般的微笑，说出了与其表情全然不合的话："也可能是学姐知道真正的凶手是谁，所以才遇害了。"

新井只是微微点头，站起身来，并未显出吃惊的样子。他穿上先前推至一旁的西装，用左手拿起皮包。

"这个咱也考虑过。不过，总之您先读一下。毕竟咱连真凶是谁都不知道呢。"

"是吗。"理恢复了严肃的表情，说道，"一旦明白了什么，我会马上联系您。名片上的联系方式就能找到您，对吧？"

"对，拜托了。"新井低头行了一礼，"就说到这里吧。这么晚来打扰，真是抱歉。告辞了。"

理站起身，目送新井到门口。新井魁梧的身躯局促地走下陡而狭窄的楼梯。不久，窗外传来了发动汽车引擎的声音。

理关掉电风扇，把名片和原稿放到书桌上。今天理不打算再继续写 *Forget-me-not* 了。明天的夏季讲习班，也因睡眠时间不足，准备直接上阵了。理坐在椅子上，满怀期待地开始阅读《岁时记》。此刻，时针刚越过凌晨一点。

Ⅱ 被托付的日记

咱的名字叫木之叶,现在上小学五年级。家里只有当警察的父亲和咱两个人。母亲在咱长大前就去世了。所以,咱虽然是女孩子,但打出生之日起,听到的就尽是杀人的事。如今咱已是出色的私家侦探,还会帮父亲探讨他在调查的案子。有几次父亲还从咱的话里得到启发,破了案。

家里没有母亲,所以咱不得不去市里的斯巴达式私塾[1]上课。父亲的想法可能是,如果私塾里都是男老师,管教严格,那他就不用回家了。咱在私塾里有个朋友叫孝君。孝君酷爱推理,靠电话和报纸调查了附近发生的所有案子。能和他成为朋友,是因为咱能告诉孝君他想知道的案子。不过,还有一个原因是咱惊讶于孝君的聪明头脑。所以,只要和孝君在私塾碰上

---

1 军事化管理的补习班。——编者注

头,咱哪还管什么学习,尽是在说杀人案的事了。

一个星期天,咱起床时父亲回来了。前一天半夜里他被叫走,说是有案子,想来是一直查案查到了现在。电视里正在放气象厅的事,说是天气预报一点也不准,所以今天终于要撤销气象厅了。

"爸爸,是杀人案吗?"

父亲同时还在查一桩外国人绑架案,看起来非常疲倦。

"不,被害者没死。这人头部受了重击,不知道能不能救回来,但现在还在高桥医院治疗。能恢复意识的话就好了……"

"头部?也就是说,被害人是被钝器什么的打了?"

"现场有打斗的痕迹,邻居也听到了争执声和男人的粗嗓门。所以感觉是被推开时,不巧撞到了脑袋。被害者处于昏迷状态,罪犯以为他已经死了。"

"发现时是什么情况?"

"被害者的三个朋友在晚上十点左右来访,然后报了警。据说都是大学里的朋友,分别叫伊川、池上、吉本。被害者好像刚从海外旅行回来,这三位声称是来听他讲旅途见闻的。警方对他们严加盘问,但没什么效果。"

"没有其他嫌疑人了?"

"还有三个人,分别叫内海、小畑、长井。不过,他们只是被害者认识的人,找不出什么像样的动机。屋里我们也检查过了,没有任何有价值的发现。现在就指望被害者苏醒了。"

"爸爸，你可不能气馁啊。"咱安慰道，"是Jack Young（杰克·杨）绑架案把你累着了，今天还是早点睡觉吧。"

"是啊。今天你也一早就要去私塾了吧，是从九点开始吧。"说着，父亲进了卧室。

咱吃完早饭，收拾一下后准备去私塾，关掉了没完没了播放广告的电视机。

孝君也上星期天的特训课，咱去私塾就能遇到他。九点到十二点是语文课和数学课，一点到四点是小学英语，不设课间休息。一想到能和孝君说话，咱就觉得排得如此恐怖的课程表也不算什么。特别是今天，咱更是憋不住想跟他说话，所以去私塾其实是一件很快乐的事。

上语文课时咱把父亲提到的那起案子全都说了。教数学的长冈老师很可怕，所以咱不敢在他的课上说话。孝君努力听完咱的话，表示不知道有这起案子。他说他早上在看新闻，直到不得不去私塾的时候，电视里报道气象厅撤销的事，中途插播了被绑架的Jack Young回来的消息，除此之外就没有其他新闻了。听到这话咱非常兴奋，求他上完私塾后来咱家玩。因为能见到咱父亲，孝君也表示他乐意前往。

可是回家一看，父亲不在。咱刚想着是怎么回事呢，电话铃就响了，是父亲打来的。

"木之叶，不好意思，晚饭你自己一个人对付一下吧。现在这个情况，我估计是回不了家了。"

"爸爸,发生了什么事?"

父亲放低声音,说道:"玉垣被杀了,就在医院里。"

孝君"啊"了一声,可能他也听到了这句话。咱也有点吃惊,便语速飞快地问道:"什么时候?怎么杀的?凶手是来医院了吧?警方没设监控吗?"

"是在上午。人是被勒死的。我们没有布置警卫。你知道的,因为Jack Young绑架案,大家都忙得不可开交。罪犯释放了人质,我们这一松劲,被人钻了空子。"

"可是,前台的人应该见过罪犯的脸吧?因为凶手肯定得打听病房号。"

"凶手化装了。不,不是戴着墨镜和口罩、惹人怀疑的那种。不是有个叫SS的摇滚乐队吗?据说凶手就像里面的成员Satan佐名木一样,把脸弄得黑黑的,烫着波浪头,套着摩托车头盔。这个人说自己是玉垣的朋友,听到案子的事急忙赶了过来。"

"那么,几个嫌疑人的不在场证明呢?"

"他们从昨天开始就一直在警局里。好像都是某推理社团的成员,说什么要笔录的话希望能去警局做,把警局内部参观了个遍。后来,他们又找碴儿说不喜欢被当成嫌疑人问话,和昨天所有参与查案的人吵个不停。他们的不在场证明简直是完美无缺……嗯?什么?你乱七八糟地在说些啥啊?"

"爸爸,你别打岔!孝君说他知道谁是凶手了。"

"孝君?孝君是谁?知道谁是凶手了?这怎么可能……不

过，真有什么发现的话……要不先说给我听听？"

挑战读者![1]

"玉垣说要去新西兰，临别时我送了他一张彩票，这是一切错误的开端。彩票结果是玉垣还在国外时公布的，所以这家伙自然不知道他中了一千万日元。但是我记得号码，又因为买的不是连号彩票，所以拿不到'前后奖'。我后悔当初轻易送出彩票，打算想办法拿自己手里的和这张换了。趁那家伙还在旅游，我试图潜入他的公寓，但是失败了，所以就想着在他回来后再上门，偷偷替换。然而，我不知道彩票在哪儿，最后还暴露了。于是两人起了争执，我把他杀了。不过，我觉得特别奇怪，你们是怎么知道我是凶手的。我跟他是在酒馆认识的，说得不好听一点，就是露水朋友，你们怎么就知道是我了呢？"

山口警部以自己的方式讲述了从孩子那里听到的话："只有少数几人知道被害者没死，被送进了高桥医院。这是因为那天的报纸和电视上尽是与气象厅和Jack Young案相关的新闻，完全没空播报这起案子。也就是说，知道这件事的仅限于警方相关人员和被视为嫌疑人的那六个人。然而，他们都有不在场证明，也不

---

[1] 此处为作者依井贵裕所加，旨在直接介入叙事，邀请读者与角色共同解密，是推理小说中的标志性手法，起源于20世纪欧美推理作品（如埃勒里·奎因的作品），后为日本本格派推理所沿用。——编者注

可能把信息泄露给别人。唯一的途径就是得知了我泄露给女儿的信息。因此，罪犯只可能是听到我女儿说这些事的人。换言之，我女儿在语文课上告诉孝君时，这个人必须在场。好了，命案发生在上午，那天没有课间休息，上课上到十二点的学生们，别说杀人了，就连想把信息传给外人也做不到。也就是说，罪犯必须是一个语文课时在场，后来又不在的人。此人会是谁呢？其次，班上的小学生还没到变声期，有一个粗嗓门的男人到底是谁呢？进而，罪犯在医院被人目击了。谁有可能在那个时候化装？能骑摩托车的人又是谁呢？如此思考下来，罪犯只可能是你。满足罪犯条件的人只有你一个。你很不幸，明明在现场那么完美地销毁了证据，没留下什么线索，却在新闻报道这一点上，在我女儿上了你的课这一点上，都极不走运。我很同情你啊，多根井老师。"

一分钟的靠站时间过后，快速列车驶离了横滨。这班开往大垣的列车于二十三点二十五分从东京出发，此后在户塚、大船、藤泽、辻堂靠站，又在小田原站载了一批从湘南定期特快转乘而来的旅客。

也是因为时值八月末，即使过了横滨站，车厢内也没有空位。相比西装革履的上班族，利用暑假去东京游玩的学生更多。估计一部分乘客会一路站到大垣。满眼尽是印着米老鼠、唐老鸭图案的礼品，这些人大概是结伴去了迪士尼乐园。

富冈秀之一边对坚硬的直角座席皱眉，一边合上从理那里借来的 DETECT 第33期别册。窗外仍有不少人家亮着灯。沿线的路灯接连向后退去。此时刚过十二点。

理坐在四人席中靠过道的位子。这次,是理配合秀之的回乡时间,定下了东京集体研修的日程。因此对面的两个座位,以及通道另一侧的四人席都被推理小说同好会的成员占领了。包括理在内的七人是这次研修的参加者。

理一一介绍过会员后,递上社团期刊,要求秀之必须玩一次猜罪犯游戏。看这意思,大概是要他在还没人搭理的期间借此消磨时光。秀之遵从对方的安排,自列车驶离东京后就一直埋头阅读。读完笔名为依井贵裕的人所写的小说后,他终于合上了书页。

"所以嘛,技术科的STAFF(雇员)先生就是凶手啊。"

回过神时,就听推理小说同好会的成员正在高声说话,他们精神十足,全然不顾因加班和应酬而面露疲惫之色的打工人。用的还是旁若无人、不管在哪里都会引人瞩目的大阪方言。

"啊……还有这样的搞法啊?"

"这是咱们这儿的传统啦。"

"可是,再怎么……"

男子频频吐露不满,此人下巴曲线尖锐,脸膛黝黑。看他对谁都用郑重语,多半就是那位传说中的新会员。记得名字是叫佐名木信。然而,仅观外貌却又难以置信。他的发型和脸部轮廓完美地颠覆了这一点,怎么看都像是三十五六岁。

"对这种程度的叙述性诡计吃惊,那还行啊?感觉也是有人叫STAFF这个名字的吧?"

"话虽如此,可是听到'技术科的STAFF',自然会解释成技术部门的职员或阵容之类的意思吧。"

"所以才叫叙述性诡计啊。你咋就不明白呢?"

肥胖男乐不可支地发表意见,欺负新会员似乎让他觉得很开心。在他身旁,一个戴着眼镜、肤色白皙、身材苗条的男子频频点头。成为争论对象的那篇猜凶手的小说应该就是他写的。

"可不是吗。佐名木君,比这更跳脱的诡计在咱们俱乐部也是稀松平常。"

理刚抚慰似的说了一句,身边就有人大加挖苦。

"瞧你那口得意的东京口音。"

开口的是山口直孝。理做介绍时说,此人逻辑思考能力优秀,所以秀之第一个记住的就是他的名字。只是,时不时地对他人加以嘲讽似乎是他的癖好。秀之甚至觉得他把这当成了一种无上的乐趣。山口的记忆力也出类拔萃,一旦说出的话与之前的矛盾,他就会坏心眼地当即指出。

"对啊。读过多根井的微型小说,你大概就能明白了。就算是'天雷滚滚'的诡计也行得通。"

肥胖男针对理发表意见也毫不客气。苗条男则点了点头,像是在表示赞同。同好会的主导权似乎被捏在这两人手中。谁也没有反驳。

"话虽如此，可这种叙述性诡计是不是太狡诈了？"

佐名木坚决不肯让步。这时，坐在秀之面前、发型宛如火电站标志的男子突然吃吃地笑了起来。此人鼻头尖尖，鼻翼大得出奇，好似男性版魔女，笑脸看着令人不适。他什么也不说，光顾着笑，因而不知是何意图，越听越让人觉得阴森。

要说没发言的人，有一位自上车以来就没吭过声。听说此人是同好会的会长，可至今也没听他开过口。玩猜罪犯游戏时，他也始终保持沉默，倒不如说像是在等待话题枯竭似的。奇怪的是，他拿着一副塑料扑克牌，从不离手。

"好啦，总之这个叙述性诡计还是不错的。"

山口这么一说，周围的人齐齐点头。佐名木的抗议完全无人问津。确实是一帮怪人。秀之总觉得自己多少能明白，理为什么要躲避俱乐部的人了。秀之悄悄瞥向理的脸，试图表达同情之意。然而出乎意料的是，理的眼睛熠熠生辉，显得十分愉悦。

"啊，富小哥，你已经读完了？不好意思啊，没能和你说话。"理嘴上发牢骚，其实可能很喜欢这个社团。果然是啥人找啥人吧。

"这个 *DETECT* 别册怎么样？挺不错的吧？挺有趣的吧？"理一句接着一句，索要感想。

"不，我并没有全部读完。"秀之搪塞道，"在读完微型小说后停下了。标题好像是叫 *Forget-me-not*。"

"哦哦，你读过 *Forget-me-not* 啦？那是我的作品。你看，几乎所有前辈都在里面以真名出场了,对吧?"

秀之有点吃惊。

"原来依井贵裕是你?"

"对啊。是我的笔名。"

"为什么取这么奇怪的名字?我数了一下,笔画数也不太吉利。"

理面露笑容,显出一副老好人的样子。

"没想到富小哥还有测人姓名的本事。"

"我可没这个本事,只是在哪里读到过,笔画数加起来是偶数[1]的话不太吉利。"

"原来如此。不过,我这个笔名是有讲究的,没法用其他汉字。"理意味深长地说,"只是,依井贵裕这个名字真的有那么怪吗?姓确实少见,但也不是没有吧?我倒是挺中意的。"

秀之故意大放厥词地说:"可能比多根井理强一些。"

理无可奈何似的苦笑道:"有意见的话,朝我爸提去。这名字又不是我取的。"

秀之被逗笑了:"你父亲是埃勒里·奎因[2]的狂热粉,特地去多根井家当人家的养子了,对吧?然后下定决心自己有了孩

---

1 依井贵裕在日语中的汉字笔画数加起来为偶数,与中文汉字有所不同。——编者注
2 Ellery Queen,美国推理作家弗雷德里克·丹奈和曼弗雷德·李这对表兄弟共同的笔名。代表作有《X的悲剧》《希腊棺材之谜》等。

子就一定要叫'理'这个名字。"

"完全就是一种病态。"理皱着眉说,"确实,'多根井'日语读作'tanei',与'丹奈'发音相似;理的读音与李相似,两者分别是埃勒里·奎因的创造者——弗雷德里克·丹奈和曼弗雷德·李的名字。但话虽如此,谁会真的去当人家的养子,还给孩子取这种名字啊。"

"做得这么彻底,我觉得很了不起啊。"

理颇觉无趣似的虎起脸,说道:"有'富冈秀之'这种工整名字的人,理解不了我的心情。"

"多根井理这个名字也足够工整了。"秀之不走心地安慰道,"说起来,'依井贵裕'有什么讲法吗?所谓的没法用其他汉字,是什么意思?"

"这个嘛,"理点头道,"依井贵裕这个名字的汉字分别是依赖的依,日语读作'i';水井的井,日语也读作'i';贵族的贵,日语读作'ki';富裕的裕,日语读作'yu'。这几个字依次按读音串连起来,不就成了'iikiyu'吗?与'EQ'发音相似,而'EQ'是埃勒里·奎因的英文名字的首字母,就是这么个设计。"

"这个就不算病态了?"秀之坏心眼地说。

"没我爸那么乱来吧?"

"我倒觉得你和你父亲是一脉相承。"

面对秀之的穷追猛打,理一脸不忿。随后理背过脸去,面向过道。这时手握扑克、此前一言不发的男子朝理搭话,看那样子就像在说"我一直在等你俩结束对话"。

"扑克,玩不?"

理两眼放光,问道:"是玩'红心'游戏吗?"

"在我们俱乐部,说到扑克游戏就是'红心'了。"

理再次转向秀之,问道:"富小哥,怎么样?要不要玩一次?很好玩的。"

秀之摇头拒绝。和不熟的人玩扑克提不起劲来。而且他也不知道这个"红心"游戏的规则。就算对方要他像理入会时那样去推理规则,他也做不到。

"不好意思,我就算了吧。"

"哦,好遗憾。"

"我会继续阅读 DETECT 别册的,你们不用在意我,尽管玩就是。"

理露出老好人式的笑容,点头道:"谢谢。那就这么办。不过,我想这个游戏怕是会玩到我们抵达大垣为止。所以,不好意思,有篇东西我想请你在此期间读一下。因为我想听听你的意见。"

"没事,小菜一碟,尽管说。"

听到秀之的回应,理把手伸向行李架,拿下大旅行袋,从中取出一个略有些脏的纸包,转手递给了秀之。值得庆幸的是,文章是用文字处理机打出来的。第一张纸上写着标题"岁时记"。

窗外的风景已融入一团漆黑。伴随着列车有节奏的行进声，时而可从打开的窗户听到风声。看来这会是一个漫长的夜晚。秀之在直角座席上正了正坐姿，推开 DETECT 第33期的别册。随后，他将收下的《岁时记》摆上膝头，抱着轻松的心态开始阅读原稿。

岁时记 ダイアリイ

第一章 **秋千的死角**

ブランコの死角
Burankonoshikaku

第二章 **黑暗中并立的坟墓**

立ち並ぶ闇の墳墓
Tachinarabuyaminofumbo

第三章 **能面才是本来面目**

能面こそ素顔
Noumenkososugao

第四章 **华丽地犯错**

華やかにミステイク
Hanayakanimisuteiku

第五章 **爽快的尽头**

心地よさの果ては
Kokochiyosanohateha

第一章

秋千的死角

几张桌子被拼接在一处,灯把昏暗而柔和的光投射于其上。茶杯与玻璃杯的朦胧淡影以各种角度互相重叠。装满烟蒂的烟灰缸里有一支刚点燃,还没抽过的烟,正朝着天花板扬起烟雾。后面的音箱不断地倾泻出放低了音量的新型流行乐。

这里是酒吧兼茶馆——"红河"。精心打磨过的木地板上,处处设有小小的高低差,令人联想起外国船只。深棕色的桌子,米黄色的椅子,褐色的柱子。灯罩下晦暗的光使人产生了踏入异国他乡的错觉。仿砖内墙隐约浮现于这灯光之中,只有那里宛若窗外的风景。

"我说过,占卜需要易者[1](日语读作 ekisya)。"

吉崎又在表演那个长魔术。说是魔术,其实称之为笑话可

---

[1] 日语中意为"算命先生"。

能更准确。相比奇异现象的出现次数，抖机灵引客人发笑的次数可要多得多。"咱是夫人"这个压轴大戏几乎让人绝倒，接着上演的几个魔术也模仿了占卜，从服装到道具全都十分讲究。他的身旁插着蜡烛，摆着水晶似的透明球，桌垫上甚至散落着一堆塔罗牌。写着英文字母的卡片背后则绘有精致而阴森的花纹。

"读出这六张卡片，似乎就能得到'易者'这个词。但其实这里面隐藏着重要信息。"

吉崎悠然地调换E、K、I、S、Y、A这六张卡片，面露洋洋得意的笑容。他已年过六十了吧。然而，表演魔术时的表情，看起来真像一个纯真的孩子。也许是因为养成了活动指尖的习惯，他皱纹不多，皮肤也光洁。头发虽白，但颇为浓密，给人气质优雅的感觉。即便如此，他似乎还是很在意年龄和健康，腰带上挂着计步器一样的东西。

"S、E、K、I、Y、A。嗯，就换成这样的顺序吧。然后，你们看，这不就变成了一个名字吗！SEKIYA。没错，出现了'关谷'（日语读作sekiya）这个名字的读音！"

"喔喔……"惊叹声四起。此乃吉崎开拓的新领域——被命名为"姓氏系列"的魔术。在这个不收会费、不设会规的协会里，近年新增的唯一会规便是，使用某人姓氏的魔术一旦发表，被提及姓氏的那个人就能成为正式会员。协会创立时关谷便是成员之一，今天才终于升格为正式会员，如今他对吉崎赞不绝口，明显都是恭维话。

"哎呀，到底是吉崎先生，老当益壮啊。这个点子太厉害了，实在是高！这应该是姓氏系列里的最高杰作了。"

关谷有点胖，身穿镶金线的西装，每说一句话，身体就夸张地摇晃一下。他戴着细细的格子花纹领带，领结故意打得松松垮垮。这要是再戴上墨镜大耍威风，怕是没人敢跟他作对。不过，其实关谷是一名教师，在高中教美术。他在魔术商店很吃得开，消息灵通，戏法技巧又是超一流级别的。而且他人品也好，会毫不吝惜地把这些技巧教给所有人。虽然关谷比吉崎整整小了二十岁，但可以说他才是这个协会的领军人物。

"的确是比若村小姐那时的表演更好吧？"

吉崎耷拉着眼角，摸着白而浓密的胡须，交替打量关谷和若村。虽然知道关谷说的是恭维话，但听了也没有令他不舒服。我已发挥出自己认可的水平——从吉崎的脸上可以充分看出这样的满足感。

"在我这个审查委员长看来，也就凑合吧。还是表演我的姓氏那个时候，冲击力更胜一筹。"若村仗着年轻，发表起意见来随心所欲。与清晰的口吻一致，她的五官也极为分明。眼睛和嘴都很大，如果化了妆必是星光耀眼。她的手也大，在女性中较为罕见，适合变戏法。观众团里有好几位女性，但成为女魔术师的仅若村一人。

"不好意思，咱，要姜汁汽水。"咱趁着众人说话的间隙点了饮料。由于最近才入会，咱没能看到若村的那次"姓氏系列"魔术。

许是意识到了这一点，吉崎没再问自己的魔术如何。若村也没再发表更多的意见。

"那就请下一位出场吧。"关谷接过了司仪的任务。

每月第四个星期二被定为众人表演各自技艺的日子。内容基本是魔术，但可以搞一些稀奇的玩意儿，也可以推出智力问答、笑话方面的点子。说起来就相当于汇报演出，每个人都要用完分配给自己的时间。

"应该轮到河合君了吧？"

"是的。"

河合有一张大脸，脸上有不少粉刺，他是一个有口皆碑的好青年。在百货商店的魔术用品专柜工作的他，表演类型多样，从近景魔术[1]到舞台魔术，什么样的戏法他都能全部熟练掌握。开始只道他好奇心旺盛，热衷玩奇怪的玩具，不料他对电脑也非常着迷；只因伞上印有世界地图，他便情不自禁地买下那伞；见到三叶虫或菊石的化石，他就忍不住想要。一旦想得到某样东西，他便会追寻到底。比如他喜欢考拉，想得到考拉的毛绒玩具，如果厂商说没有这种商品，他会去询问澳大利亚大使馆。

---

[1] 近距离观看的魔术，它具有与观众互动性强，对细节手法要求高等特点。——编者注

"今天要表演的是绳子戏法。"河合一边说着,一边向观众展示一根红绳和一根白绳。随后,他在白绳上打了个结,将两根绳拧在一起呈麻花状,握住绳子的两端吹上一口气,只见绳结移到了红绳上。白绳上的结消失,而红绳上则出现了白色的绳结。

"这样做成的绳结可以自由取下。"

河合把白绳放到桌上,左手只拿那根红绳,用右手沿着绳子拉扯绳结,于是白色的绳结从红绳上消失,留在了右手里。接着他把绳结贴向绳子,这回绳结又好好地回到了绳上。河合以滑稽的动作完成这项表演,最后从右边口袋取出了打火机。

"只要我用'魔法之火'加热这个绳结,就会发生不可思议的事。"

河合用打火机加热绳结部分后,也不再做出奇怪举动,只是慢悠悠地解开了这个绳结。

不知何时白色绳结成了红绳的一部分,红绳之间夹着白绳,两根绳融合在一起,变成了一根绳。

"果然精彩。"桥本说出自己的想法,他的语气总是那么和善。

河合身材苗条,感觉腰身比女模特都细。而桥本比他还瘦,据说是因为心脏方面的宿疾。不过,他用知识填补了体力的不足,一得空就把海外文献翻译成日语,每次来都会分发给大家。经吉崎的编辑,这些资料差不多能做成一本书了,标题则模仿著名的魔术方面书籍 GREATER MAGIC（《了不起的魔术》），被取名为 CRATER MAGIC（《火山口魔术》）。

"是达里尔的魔术。"河合一边拉扯背带一边说，"他是把帕维尔或别人的绳结跳动魔术改成了这样的形式吧。"

桥本平静地点了点头，说道："嗯，是奇幻绳结魔术。名字是叫巴基斯坦跳结，市面上应该也有卖。不过，这个绳子是你自己制作的吗？"

"对，是用胶水粘起来的。"

河合把绳子递给桥本。绳子整体长约七十厘米，十厘米左右的白绳夹在红绳之间，呈三明治状。白绳与红绳的连接处涂着胶水，现已硬化，变得透明了。

"涂上不同的颜色可是很难的。"

桥本观察绳子，关谷在一旁解说。关谷不愧是美术教师，在道具制作方面恐怕无人能出其右。这种绳子他可能也制作过。

"因毛细作用的缘故，绳子上不同颜色的染剂互相浸润，再怎么拿线紧紧绑住也没用。"

"可不是吗。所以我也改成用胶水粘了。"

桥本似乎理解了关谷和河合的说明。

"不好意思，这个绳子能借给我吗？我也想做一根试试。"

"嗯，当然……"

河合话音未落，若村便以爽快的声音插话道："桥本先生，蓝白绳也能凑合的话，要不我送你一根？'梦幻国度'做试制品的时候，给了我一点。我反正是用不上的。"

桥本摇了摇头，说道："这可不行。"

吉崎则脸上含笑，插了一句："做美女就是合算，还能白得道具。"

关谷轻声笑着，继续推动汇报演出的进程。

"我们这就进入下一场吧。呃……已经结束了五场，下面是最后一位了。"

"是的。"咱点了点头，"本不想成为最后一个……其实这边要表演的也是绳子魔术啦。"

"这不挺好吗。就算是一样的戏法，也不用在意吧。毕竟我们是发烧友嘛。"

经关谷的劝慰，咱从包里取出长绳和一把看似锋利无比的剪子。请观众尽情检查完绳子后，咱又自己捋了好几下，用双手握住。表演时间较长的剪绳魔术就此开始。

首先，咱托起绳子两端向观众展示，并折成三等分。随后拿在左手上，用剪子上下各剪一刀，剪成三根长度相同的绳子。这是剪三段的做法，非一般常见的那种一分为二。

接着，咱把绳子一根一根地从左手交于右手，这是为了让观众确认绳子已分为三段，且每段长度相同。每交过去一根就捋一下，以强调绳子不会伸缩。

将其中一根绳子挂于右臂后，咱把其余两根打结连在了一起，然后又和右臂上的绳子也打结连起，最终做成了一根长绳。总之，三根绳接在一起，回到了原先一根长绳的状态，长度也相差无几。

"不过，光是这样算不得恢复原状。我们还是把绳结也消灭掉吧。"

咱把长绳一圈一圈地绕于左手，从右边口袋掏出无形的"魔药"，撒向绳子。不可思议的是，两个绳结消失了，而原本被剪为三段的绳子恢复了原貌。

"这就是所谓的三段剪吧。"桥本钦佩似的说。毕竟是读尽海外文献的人，他在魔术知识方面堪比百科全书。桥本藏书极丰，以至于在会展上大肆购买外文书籍时，外国经销商还问他买书是不是用来吃的。

"厉害！"若村也轻轻鼓掌，说道，"我只会玩那种三根绳的绳子戏法，所以真的好激动。总之，这表演看着就赏心悦目。"

咱向众人露出了羞涩的笑容。

"真难为情啊。"

"哪里，你的手上技巧太出色了。"关谷也赞同若村的话，"很自然，同时又有一种称得上是艺术的美感。这个问问观众就知道了。多根井，你觉得如何？"

突然被指名道姓，理似乎吓了一跳。

"啊？"

"是问你有什么感想啦。"关谷寻求意见。

理歪了歪嘴角。明明照实说就行，理却没有立即开口，多半是在酝酿一些场面话。只听理的嘴里连说了几遍"感想吗",一边靠暧昧的笑容打马虎眼。

由于理坐在相对靠内的座位上,又被刚才吉崎的魔术所影响,不久理竟讲起了无聊的冷笑话:"问我的感想吗……嗯,毕竟咱、咱是坐在内部的人,咱是'内人',也就是夫人啊。"

若村忍无可忍似的捂住嘴,从指缝中漏出"咕咕"的笑声。吉崎摸着白色胡须,一个劲地抿嘴微笑,显得颇为愉快。河合也眉眼含笑。唯有桥本不改沉稳的神色,其他人则好像都在忍耐,都在苦苦地掩饰自己的情绪。

"多根井君,你在说什么蠢话呢!真是丢人。"

理听到厉声指责,向这边回以春风拂面般的笑容。

"不用这么生气吧。我明明是在感谢学姐啊。"

"感谢?"

"当然啦。是你把我带入了这个晚上也无法入眠的神奇国度,我很开心。"

"咦,直到现在多根井君还觉得魔术很神奇吗?"

理面露不满之色时,关谷从旁插话道:"信田小姐也彻底成了一位魔术发烧友了。"

听了关谷的话,咱则摇着头说:"其实本人挺不想当发烧友的。希望能永远被震惊到,永远能看到神奇的魔术。"

"是这样吗?"理摸了摸淡褐色的腰带,把手伸进口袋,边叹气边喃喃自语道。

此话犹如一记信号，大家从谈论共同话题渐渐转为个人之间的交流。众人围坐在由八张正方形桌子拼成的大桌前，各自聊着天。

魔术发烧友们聚集一处，创建了这个协会——RRMC，也就是 Red River Magicians Club（红河魔术俱乐部）的缩写。据说最初对外提起 RRMC 这个名字时，没人知道是什么玩意儿，还以为是 Rolls-Royce Members Club（劳斯莱斯会员俱乐部）或 Romper Room Mystery Circle（游戏室推理协会），甚至根本就没往魔术俱乐部上想。如今看来，实在是不可思议。

第一次例会是在五年前。据说，经常在讲座上相遇的关谷和桥本开始在这家咖啡馆聚首，是协会创立的契机。起初二人只是单独交流，完全没有创立魔术俱乐部的意思。两个人频频把学生之类的年轻同好带来传授技艺，让他们不必支付高额费用就能学习魔术。

不收取入会金，不设会费，只要支付当天的餐饮费，就能尽情观赏魔术，这样的协会绝无仅有。而且，会员还能买到桥本翻译的海外魔术小书，获取讲座的赠品或复制的影带——其他协会自然也不可能有这等好事。虽然缓慢，但 RRMC 之名正在这个狭小的世界里渐渐为人所周知。

又过了一段时间，河合、若村等年轻人开始频繁露面，不久便稳定下来。稍后吉崎也加入进来，RRMC 的主体就此形成。大家觉得给感性丰富的女性表演魔术会更有干劲，便从若村的友人起头,开始招募女性观众。如此发展到现在,就在前不久,咱以新魔术师的身份加入了协会。

"那个……不好意思。"理对关谷说。

关谷正在与吉崎交谈,闻声慢慢地转过头,看向理。

"怎么了?"

"能不能介绍一下那边不表演魔术的人?"

长方形桌子的短边上坐着若村和另一个年轻女子;至于两条长边上,几个人相对而坐,咱身边是一位中年妇人,河合身边则是一个年轻女子。几个女人对若村构成了合围之势。

"确实该介绍。今天机会难得,能否请你们做一下自我介绍呢?"

关谷独自一人坐在短边上,面露笑容,就像一个爱捉弄人的少年。随后,他缓缓地向咱身边的中年妇人做了个"请"的手势。

"长幼有序,先从中川女士开始吧。"

"哎呀,这么突然……"中川脸色通红,连连摇头。她长着一张圆脸,下半部分鼓鼓的。不光脸蛋圆,体形也不遑多让,使人联想起酒桶。大概是为了消除紧张感,她从桌上拿起香烟盒,但手上的动作不太稳当。白色的香烟在滚圆的粗指之间灵活地跳着舞。

"什么都可以啦,中川女士。年龄啊,体重啊……"

"我才不会说那些呢……"

中川点燃了香烟。正如料想的一样,她被呛得直咳嗽。不过,痛苦归痛苦,她还是勉强吸完了一根。也许是因此而终于平静下来了,吐出烟雾时,中川总算能像平常那样说话了。

"说穿了,我就是一个'紧张症'患者。所以就算想表演魔术,光是想到有人在台下观看,我的手就会发抖……"

"中川女士性格就是容易紧张。"河合接过话头,"做自我介绍都能这样,即使喜欢魔术也是做不成魔术师的,所以自然就成了 RRMC 观众团的一员。在我们这里,花一杯咖啡的钱就能看到各种魔术,实在是太划算了。"

理表示肯定般地一直点头。

"好了,后面就按座位顺序来吧。若村小姐你们都已经认识了,接下来是上野小姐。"

应关谷的请求,上野动作利索地微微鞠了一躬。

"呃……我叫上野美由纪,是短期大学二年级学生,刚满二十岁。呃……兴趣爱好是看漫画、听唱片,喜欢南天群星乐队和歌手稻垣润一。"

理苦笑起来,其他人也跟着笑了。

"上野小姐,这又不是中学生做自我介绍。"

被关谷这么一说,上野害臊似的吐了吐舌头,非常可爱。虽说她已年满二十岁,可言谈举止还像个孩子。头上扎了个马尾辫,拿蝴蝶状的黄丝带绑着。鲜嫩而富于弹性的皮肤极具魅力。配合着那张小脸,身体也是小巧玲珑,却又像能够蹦到任何地方的皮球,无论何时都显得朝气蓬勃。

"呃……我开始来 RRMC,是因为以前和绫子一起住过。呃……不过,因为她有太多的魔术道具,所以我就被赶出来了……"

"我说,绫子是谁啊?"

若村插嘴回答了理的问题:"就是我啦。我的全名叫若村绫子。"

"总之,绫子老是变戏法给我看,久而久之我就感兴趣了。呃……甚至还成了 RRMC 的会员……"

"不不,"吉崎连忙摆手,否定了上野的话,"上野小姐只是候补会员,还没成正式会员呢。等你的姓氏系列魔术发表了,你才能自称是会员。"

"不好意思,我是河合。我要比萨吐司套餐。"河合趁话题跑偏的当口,高声点餐。

打着蝴蝶结的侍者火速赶来。他一手举着托盘,似乎打算收走空茶杯和空玻璃杯。由于长方形桌子的长边坐满了人,有点不好收拾。即便如此,他仍利落地把桌上整理得清清爽爽,再次回到柜台内,脸上丝毫不露厌烦之色。这些会员的任性他已容忍了五年多。

"话题总是偏来跑去的,"关谷微微一笑,"总之上野小姐的介绍到此为止,最后有请向井小姐。"

向井闻言微微点头致意。她一头长发,肌肤晶莹剔透。外形让人觉得像日本人偶。淡淡的眉毛，眼睛细长而清秀，脸颊略有些发红。之所以看起来端庄、文静，是因为今天她第一次穿上了和服。如此酷暑，说不热是不可能的，然而和服却一点也没走样，妥帖地裹着她的身子。

"我叫向井裕美子。公司职员，在广告代理店工作。"

"不好意思，向井小姐总是穿着和服吗？"

"啊？不不……其实今天我去相亲了。"

闻听此言，河合轻轻吹了声口哨。上野和若村齐声起哄。关谷则探出身子，等待下文。吉崎依旧摸着胡子，面带笑容。就连平常喜怒不形于色的桥本，嘴角也泛起了温和的笑意。

"我说，对方是什么样的人啊？"掌控主导权的中川问道，仿佛是在代表众人发言。

"是父亲让我去的，没办法……"

"话虽如此，这个东西也是讲缘分的，谁知道真命天子会在哪儿搁着呀。"

"嗯，可是……"

"那对方人怎么样？帅不帅？是干什么工作的？"中川利索地动着嘴皮子，全然不见她先前那副紧张的模样。

"是我父亲公司里的人……"

"这么说是住友商事的？很厉害啊！那可是一流人选啊。然后，怎么着，有没有定好下一次见面的时间？"

向井终于不再回答，妆容整齐的她低下头，长久地垂着眼帘,脸越发地红了。原先摆在桌上的手,此刻悄然回收至膝头。她就像珊瑚制成的装饰品,仿佛一碰就会碎了。

"好了,相亲的事先放一边。"关谷打破沉默,"我们和向井小姐是在新干线上认识的,这可不太常见啊。"

理轻轻点头。

"我们五个,也就是吉崎先生、桥本先生、若村小姐、河合君,还有我,经常一起出去旅游。比如,京都那边有会展的时候,外国讲师只在大阪开讲座的时候,只要日程不冲突,我们就会五个人一起去。因为这样可比单独去快乐得多。"关谷轻咳一声,"然后我们当然会坐新干线的指定席[1],定下前后紧挨着的两排三人座,就算在车厢里也会变个戏法什么的。因为是前后两排三人座嘛,通常总会有一个外人。我们五个变魔术,那个人多半也会兴致勃勃地看着,而向井小姐就是里面最极端的一个例子。"

"我这个人和别人不太一样,虽然是女孩子,却喜欢魔术、推理小说什么的。"向井脸朝下方,有点难为情。

听她如此坦白,这边好像也不得不说些什么了。

"照这么说的话,本人也是怪人一枚啊。"

话音刚落,理就乐不可支地插话道:"哎呀哎呀,别这么说。学姐可不像向井小姐那么漂亮,没问题的。"

---

[1] 日本的新干线座位有"自由席"和"指定席"两种,指定席是乘客事先缴费后可选择乘坐的列车座位,费用比自由席更高。——编者注

"多根井君！"

理哧哧地笑道："开玩笑的啦。"

"说起来，信田小姐也是魔术、推理两不误啊。"或许是出于体贴之心，桥本以稳重的语气搭话道。从他点烟的动作中亦能感受到其温文尔雅的气质。卡斯特柔和烟在日本国产烟里也属于尼古丁较少、口味清淡的种类。

"是啊。不过，表演魔术是来 RRMC 之后才开始的。"

平淡无奇的一句话令桥本拿着烟的手停顿了一下。在烟雾的另一边，桥本的眼神一瞬间暗淡下来。虽然只是少许，可看那表情，像是发现了其他人没有看到的东西。不过，桥本用笑容掩饰过去，接下来说出口的已是别的话题，全然不痛不痒，多半与他正在想的事毫无关系。

"多根井君肯定也会成为魔术发烧友，就以你今天的表现而言。"

理眉开眼笑，说道："如果我不是来集体研修的，而是住在东京，简直现在就想拜你们为师。"

桥本用同样的表情回以微笑，方才的阴影仿佛从未存在过。

"去厚川家的时候，你多半也说过同样的话吧？"

理露出老好人式的笑容："嗯嗯，你猜对了。"

借着玩笑话，席间热络起来，此时打着蝴蝶结的侍者现身听取最后一次点餐。现在是十点四十五分。无人点餐。侍者把桌面整理干净，将茶杯和玻璃杯搬往柜台里，一副驾轻就熟的样子。

不久，时针指向十一点，打烊的时间到了。店内已不见其他顾客的身影。先前音箱里在播放 OFF COURSE 乐队[1]的曲子，不知何时也停了。晦暗的灯光越发暗淡。还未完全熄灭的香烟徐徐升腾起一道白雾。

*

客厅里响起了电话铃声，内田一时之间没有发觉。

桌上的法式餐盘里盛着被精心切成细丝的卷心菜。烤箱里烤着长面包，正嗞嗞作响。银石牌的平底锅中，腌肉散发出香味，伴随着轻响微微绽开。色彩明亮的餐室内充斥着夏日耀眼的阳光。

"是我，内田。"内田关掉煤气灶的火，奔入客厅，匆匆拿起听筒。这么早打来电话，只可能是紧急案件。

"是我，大槻。"

清晨舒爽的风从大大敞开的窗户吹入，令人心旷神怡。白色花边的窗帘缓缓地随风飘动。

"您好，大槻警部，您说。"

"在忙吗，内田先生？是在做什么事吗？"

这就是大槻警部特有的细心。自己接电话肯定是比平时迟

---

[1] 1969年，由成员小田和正、铃木康博和地主道夫组成的日本流行乐队。——编者注

了,也不知之前电话铃已响过几声。

"没有。只是因为抽油烟机的声音太大,我没听到电话铃而已。先别管这个,警部,是有案子了?"

"没错。是杀人案。"大槻警部挑重点介绍了案子的概况,"所以,你能火速赶到现场吗?我也马上出发。"

"我明白了。案发现场在哪儿?"

内田警部补写下地址后,即刻放下听筒。没时间耽搁了。他抛下做了一半的早餐,去卧室换衣服。考虑到儿子还在睡觉,他也没忘记留张纸条。纸条上写了自己将要赶赴的地方。

妻子早亡后,内田警部补一直和儿子共同生活,所以里里外外的家务都能熟练完成。早餐也是内田自己做,有时还会装个便当。虽说因工作关系时常不着家,但在家时自己应该比普通主妇还能干。关于这一点,内田多少有点自负。

辛苦养大的独子去年终于在电视台就职,做的是一种他叫不上名字的工作,叫什么"AD"来着。父子俩的工作时间都没规律,所以最近碰面的机会少了。听儿子说,不久后,他会被派往地方电视台。今天一大早就是这样的情况,也不知晚上能不能见到面。

内田警部补换上平时的工作服,拿起车钥匙,大步流星地走向车库。他的车是本田Civic Shuttle型号的五门掀背车。过去驾驶的本田Today型号的车,令他感觉空间过于狭小,后来便换成了现在的这辆。因为载别人的机会多了……内田警部补一边这样想着,一边发动引擎,慢慢地把车开出来。

看了看手表,现在是七点十五分。他决定不上首都高速,而是从京叶道路走靖国大道。案发现场位于涩谷和原宿之间,是山手线沿线的一个小公园。直接开往新宿然后从明治大道下行——这条路线更清晰一些。他认定这个时间段不上高速也完全没问题。

开窗后,凉爽的风吹入车内。连日来都是炎热的天气,但早晨相对好过一些。肆意生长的野草被围在带刺的铁丝网内,随着干燥的风不断摇摆。太阳在玻璃的反射下放出白色耀眼的光芒,使人预感到一整天都会是酷热难当。

新兴住宅区"南篠崎"位于江户川区中央偏东的地带。江户川区本身被东西两条河——荒川和江户川——夹在当中,差不多以总武线和东西线为其南北的境界线。内田警部补建造自宅时,这里除了警察住宅什么也没有。如今倒是稀稀拉拉建起了公寓楼,但土地利用率不尽如人意,以至于让人怀疑河对面的市川才是在东京都内吧。都营新宿线将延伸至此,近年来这片新街区得到了迅速开发。

说起来……内田警部补想起了早上的电话。大槻警部真是为人谦恭。年龄方面,自己要大上十多岁,但职称是警部补,换言之自己反倒是大槻的部下。然而,大槻警部说话总是很有礼貌,从未对自己用过命令式的口吻。他对其他人也是如此,对待新手警察并无丝毫不同。

大槻警部的年纪应该快满五十岁了，但因练习柔道的缘故，他的骨骼结实、身强体壮，想来还保有三十四五岁时的体力。魁梧的身材能给周围的人带来依靠感和安心感；人如其名的外貌使人联想起参天大树。然而与这外形不合的是，他又是一个细心体贴的人，敏感的神经照拂到了方方面面。

越过荒川后没多久，车的右侧出现了总武线的铁道。与铁道并行，驶过龟户、锦丝町、两国，渡过隅田川。到这里为止没有遇上红灯，他开得非常舒心。从江户川区开始陆续穿过江东区、墨田区、中央区，进入千代田区。此时，马路的名字已变为靖国大道。

内田低头瞧了一眼手表，刚过七点半。看这情形，八点前就能到。目的地——现场所在的公园位于一个名叫"Coop Inn 涩谷"的旅馆前。据说那旅馆就在千代田线的明治神宫前站的旁边，应该不会迷路。

这个时候大槻警部多半已经到了。凑巧的是，他就住在内田警部补家的附近。不过，电话是从警察总厅打来的。想来他能早到一步。如今他肯定是在现场与辖区警署的人进行交接工作。

驶过神保町、九段下，进入市之谷的十字路口，对面就是新宿区。虽然不是周末，倒也不怎么堵车。沿靖国大道径直驶向新宿，在与明治大道相交的地方左转后，向代代木行进。右侧可见伊势丹和丸井的大楼。之后只需沿明治大道往下开，以旅馆为目标即可。

根据大槻警部描述的概况,第一发现人是旅馆的住客。此人是大学生,利用暑假来东京游玩,早上打算散步,谁知刚出来就碰上了尸体。时间是清晨五点之前一会儿、东方的天空刚开始发白的时候。

被害者名叫桥本透,三十六岁,单身,地方公务员,在区政府的税务科工作。据其父母所言,因为有聚会,被害者周二总是很晚回家,昨天却彻夜未归。发现尸体的公园在被害者的回家路线上,可以想象他是在归途中遇袭的。死亡推定时间也是昨晚十一点到今日凌晨一点,有两个小时的区间。

穿过与正面参拜道相交的路口,便能在右侧找到一个不大的旅馆。旅馆就在宫下公园的跟前,被夹在明治大道和山手线之间的狭小空间内。内田警部补驾车驶入窄道,靠近旅馆。那里停着数辆车,有几辆看着眼熟。他在其后停下车。

公园在山手线的背阴处,较为昏暗。由于公园内草木茂盛,早晨也照不到阳光,透着一股湿气。设于公园深处的简易厕所,给人造成了更为恶劣的印象。这种地方就算发生街头凶杀也不足为奇。园内设施也异常简陋,只有秋千和滑梯。

内田警部补下车后,见大槻警部已经到了,正和一个看起来好脾气的年轻男子低声交谈。此人可能就是那位大学生、第一发现人。年轻男子身旁站着一位年轻女子。尸体横躺在公园里处的秋千附近,初步检查已经结束,但尸体还没被搬走。

辖区警署的刑警们在其周围揉着惺忪的睡眼。这也难怪,毕竟是清晨五点赶过来的。昨晚肯定也忙到了深夜。鉴识科的工作人员给尸体拍照，往秋千上撒指纹粉，里里外外地忙活着。还有人在搜寻遗留物品。

"警部，我来迟了。"内田警部补边说边走上前去。年轻男子向内田转过头。这张脸很眼熟，以前见过几次面，记得名字是叫多根井理。

"啊啊，内田先生。大清早的，真是辛苦你了。"大槻警部轻轻点头致意。从他的表情里看不出丝毫倦怠。

"不不，哪里。关于这起案子……"

"嗯嗯，我们请死者的双亲确认了尸体，刚把他们送回去。我也稍微问了几句，跟从辖区警署的人那里听到的内容大差不差。"大槻警部咳嗽了一声，"对了，关于这起案子的发现人，我想内田先生也认识吧。怎么就这么巧，竟然是多根井君。多根井君说不光是昨天的聚会，连回去时，也有一段路是和死者一起走的。所以，我正想问话呢。"

"原来如此。怪不得多根井同学会在这里啊。"内田警部补点了两三下头，表示理解。他脸上的表情像是在说"这个人我可是想忘也忘不了的"。

多根井理……一个听着很耳生的怪名字，但外表并无显著特点。要说稚气的脸庞、细嫩白皙的皮肤很是引人注目，倒也确实如此。细而柔软的头发带着一点褐色，从眼眸中也能发现同样的颜色。娃娃脸上露出的笑容仿佛化开了眼角，使人联想起风。或许是无忧无虑的缘故,无论什么时候看到这个人,那微笑的表情似乎都不会改变。

不过,从理的外表完全想象不出其惊人的观察力和洞悉力。这人能基于被遗漏的微小事实、完全令人想不到会是线索的琐碎事象,建立并展开具有说服力的理论,合乎逻辑地解明警方都无法看破的真相。听着理的推理过程,就能不为常识、固有观念、先入为主的想法所束缚,直视事物本身,从而自然地得出结论。此前内田警部补见识过理的手腕,并为此懊恼不已。

"然后,这位是信田叶子小姐,多根井同学的学姐。"大槻警部指着理身边的年轻女子,"听说她在 Coop Inn 涩谷住宿,所以我就托多根井君把她叫来了。据说她也参加了那个聚会,也是一起回去的。"

女子听到警部对自己的介绍,微微低头行了一礼。她给人的感觉不错,但称不上是美女,单眼皮,鼻梁也不够挺拔;脸则像阿多福面具,脸的下半部分较为宽大,下面是细细的脖颈。由于脸颊鼓鼓囊囊,仔细观看才知身子瘦得叫人吃惊,但又不可思议地显得颇为圆润。

"好了,多根井君,你先说一下发现尸体的经过吧。"大槻警部缓缓地开口道。

"好。"理折起衬衫的袖子,微微点头,"可发现经过什么的,其实没多少可说的。不过就是我想去附近逛逛,离开旅馆来到这个公园，结果发现了尸体。"

"为什么会走进这个公园呢？"内田警部补负责继续讯问。

"是因为这里有厕所。我想上一下厕所，所以就进来了。"

"厕所的话，旅馆的客房里也有吧？"

"不，那种厕所和浴室不分离的样式——是叫组合式卫浴吧，我不太喜欢。上过一次厕所就会觉得里面不干净了，没法再用浴室了。"

没看出来这人还挺神经质的。难道不觉得旅游时在外面找厕所很不方便吗？

"原来如此。对了，我听说你是在清晨五点前发现尸体的，为什么会想到这么早出去散步呢？"内田警部补变换了讯问的方向。

"因为睡不着啊。"

"睡不着？是枕头睡不惯吗？"

"不是不是，"理笑着摆摆手，"大家不是都说看了神奇的魔术后，就会兴奋得睡不着觉吗？昨天的聚会就是那么棒。真的，不开玩笑。结果就是我怎么也睡不着，所以外面刚蒙蒙亮，我就无奈地起床出来散步了，然后就碰上了尸体。"

内田警部补轻叹一声。

"被害者参加的聚会是魔术表演会？"

理点了点头。内田警部补抬头看了大槻警部一眼，脸上的表情像是在说"我没什么可问的了"。

"好了，能否请信田小姐说说昨天的事呢？"大槻警部望向俯首垂目的信田叶子，开始讯问。

"这边也没什么可多说的……"

"昨天你和桥本先生一起回去，是在半路上分开的？"

信田叶子依然俯首垂目，回答道："是的。寒舍在四谷一带，只有在俱乐部聚会的那天，才会订这家旅馆的房间住。桥本先生住在前面的都营住宅区，他一路送到了旅馆门口。"

"多根井君呢？应该也住在同一家旅馆吧？"

"理说想看夜晚的新宿，所以和他是在电车里分开的。"

多半是去了热闹的歌舞伎町。现在的大学生，钱多得让人难以置信。内田警部补一边想，一边轻蔑地瞪了理一眼。然而也许是脑子迟钝，理一脸若无其事的样子，面露不可捉摸的笑容。

"原来如此，所以就叫桥本先生送你到旅馆了。"大槻警部表情柔和，如安抚对方似的点了点头。

"是的。那时谁也没想到桥本先生会遇上这种事。"

"那是自然。那你是否知道桥本和你分手后，往哪个方向去了？"

信田叶子摇头道："他应该没去公园……"

"包括聚会的时候在内，桥本先生有无奇怪的言行举止？比如，表现出与平时不同的样子？"

叶子闭上眼睛，显出沉思的模样，不久便语气肯定地答道:"应该是没有。但话又说回来,大家认识没几天,所以也许只是没注意到。"

"是这样啊。"大槻警部丝毫不露沮丧之色,"魔术俱乐部里与他关系亲密的人,也许就能注意到了,是吧?那你知道其他会员的住址、电话号码吗?"

"关谷先生的联系方式,一回家应该就能找到。过后一定联系您。"

大槻警部说了一句"拜托了",点头致谢。叶子拿出记事本,用右手压住纸面,一丝不苟地书写备忘录。理似乎很在意折起的袖子,取出款式别致的褐色带子,在手肘处将其固定住。这一忙活,竟掉落了一颗纽扣。

这时,一名刑警跑过来,对大槻警部耳语了几句,说完后又立刻回到了原来所在的地方。

"内田先生,他们说马上要把尸体搬走。我们赶紧再看一眼吧。"

内田警部补同意了。大槻警部向仅有的两架秋千走去。理和叶子也跟在他身后。

由于山手线的铁道略高于平地,公园内处在线路的背阴处。树木层层叠叠,路灯又在较远的地方,想来夜里会是漆黑一片。站在公园外面,肯定看不到秋千。不过,也许是考虑到孩子们会来玩耍,园内不见任何危险品。没有折断的树枝,连大石头都没落下一块。

尸体就横躺在秋千旁。死者身穿带衣领的半袖衬衫，配上普通牛仔裤和运动鞋。他衣着较为随便，既没打领带，也没穿西装。这可能是区政府通用的工作装。一只手提包遗落在尸体旁，估计是被害者的东西。包里没有被翻找过的痕迹，隐约可见钱包和钥匙等物。

秋千的横木上沾满了黑褐色的血，已经干涸。相比刺眼的血色，被害者脑后的伤口并不明显，难以相信这是直接死因。事实上，其下方领口处露着一截绳子，颈项上则留有浅浅的、青紫色的索沟[1]。死者脸上甚至没有痛苦之色，尸体相对比较干净。

"看来是凶手用秋千击打致其昏迷后，拿绳索勒了脖子。"内田抱着胳膊，阐述个人意见。这是根据尸体状况推导出的最妥当的结论。

"话说你不觉得这绳子很奇怪吗？"大槻警部打量着死者的脸说道，随后用戴着白手套的手小心翼翼地拿起绳子。内田警部补接过后细细观察。

确实奇特。长度仅七十厘米，感觉不足以用来勒人的脖子。进而，还有痕迹表明这是拿三根绳用胶水或别的东西粘起来的。如三明治一般，红绳之间夹着白绳，构成了一根绳。此前从未见过这样的花斑绳。

"总觉得拿来勒脖子是太短了一点。"

---

1 俗称绳印，绳索压迫人体软组织后留下的痕迹。——编者注

大槻警部点头赞同内田警部补的说法。

"是啊。而且，为什么要用这种花斑绳呢？胶水黏性再强，也可能会在勒脖子的当口脱落吧。明明用普普通通的绳子就不必担心这种事了。"

"正如你所言。说起来，这种绳原本是干什么用的呢？"

大槻警部闻言，指了指理和叶子："这两个人应该能回答。我觉得肯定是用来变戏法的。"

理用满怀敬意的目光注视着大槻警部，说道："没错。这是拿来变绳子魔术的道具，昨天桥本先生把它借走了。"

"找谁借的？"内田警部补厌恶理的目光，以略微严厉的声音问道。

"呃……是一个年轻男子，不过名字我没……"

"是河合先生，同一个魔术协会的。"叶子在一旁解围。

"为什么被害者要借走？"

"是为了制作同样的绳子。"叶子若无其事地答道，"河合先生的魔术很有意思，桥本先生也想把这个纳入自己的剧目吧。所以，无论如何都需要这条绳子。"

"原来如此。花斑绳是被害者的持有物啊。"

大槻警部平静地点了点头，说道："想必这凶器一直被放在被害者的包里。"

"可是，罪犯为什么要拿这种花斑绳当凶器呢？"

与其说是提问，倒更像是自问。但理似乎觉得自己有义务回答内田警部补。

"可以列出的一种可能是比拟杀人。"

"比拟杀人?"

理神情严肃地点点头:"没错,即按童谣的歌词或小说的内容杀人。这是推理小说中常用的手法。"

"推理小说啊。"内田警部补自觉话中含着讽刺,然而理完全不予理会。

"推理作家柯南·道尔的著名短篇里,有一篇叫《斑点带子案》。如果凶手是为了让大家想起这部作品的标题,那么使用这种绳子就合理了。"

"不切实际。"

"确实。"理泰然自若地赞同道,"但是,作为一种可能,我们也不能不予以探讨吧?只要排除一切不可能的选项,剩下的那个无论有多荒谬,也必是真相无疑。"

"无聊透顶。"

"请容我无聊透顶地顺便指出另一种可能。"理一脸满不在乎的样子,继续说道,"假设有人在按照另一个人写的推理小说实施杀人行为。我想在这种情况下存在一种可能,即文中出现了一句令人费解的话,而凶手把它理解成了'斑点带子',于是就有了这样的凶器。"

内田警部补不禁感到,回应一句都会显得自己愚蠢。

"要怎么错误理解,才会理解成'斑点带子'啊?探讨毫无意义的可能就是在浪费时间。"

"是这样啊。"理意味深长地笑道,"但是,如果刚才我说的那两种情况可以用一句'毫无意义'来驳回的话,我想罪犯使用花斑绳的理由可谓昭然若揭。"

"你说什么?"

内田警部补大声叫道,但理不再开口。或许是想表示自己已无意多言,理动作缓慢地掏了掏休闲裤的口袋。接着,他找到脱落的纽扣,一声不吭地从包里取出简易针线包,当场缝了起来。叶子默默地注视着他,目光平和。而内田警部补只能心情烦躁地瞪视这两个不说话的人。

"完成论证之前绝不告诉别人是你的原则,对吧?多根井君。"大槻警部面色平静地说。

"嗯,没错。"理一边剪线一边说。

"你现在不说,意思就是为时尚早?"

"抱歉。"理坦率地低头致意。

"明白了。谢谢。今天就到这里吧。我们可能还会来找你问话,到那时还请你多多关照。"说着,大槻警部再次转向叶子,"信田小姐也是,感谢你的协助。过后还请告知我,关谷先生的联系方式。"

叶子做了个行礼的动作,点了点头。这举止让人感觉十分得体。

二人又向内田警部补寒暄几句后,各自回了旅馆。

日头已高，夏季的阳光猛烈地照射下来。黄绿色的列车发出巨大的轰鸣声匆匆驶过。清晨吹起的风止了，暑气开始缠绕皮肤。

讯问 RRMC 的所有会员，耗费了昨日下午和今日上午的两个半天。昨天，内田警部补按叶子提供的住址查到关谷所在单位的电话号码，与年轻的野崎刑警一起赶赴梅香高中。虽然还在暑假期间，但关谷是美术部的顾问，所以去了学校。

"成员吗？就是桥本先生，然后是吉崎先生，呃……后面就省略尊称了，河合、若村、上野、中川、向井、信田，还有咱。对了，昨天多根井君也来了。"

关谷热情地递上会员住所、姓名、电话号码一览表。知道工作单位的，连工作单位的联系方式都写进去了。于是，内田警部补基于这张表，一一寻访所有会员，询问桥本的口碑，关于动机有无头绪，包括聚会日在内最近的举动等。寻访始于昨天中午，直到今天上午才终于结束。

"最终几乎没问出像是能成为线索的东西，警部。"内田警部补对调查结果做了概括。负责其他工作的刑警也都回来了，现场有些人心浮动。

"都说死者性格严谨，气质温厚，难以想象会遭人恨。"

听了内田警部补的报告，大槻警部苦笑道："去工作单位打听的小林君也是这么说的。"

"果然。"内田警部补叹气似的说,"聚会的时候,没人发现死者有什么特别奇怪的言行,都说和平时一样。不过……"

"不过?"

"据说只有短短的一瞬间,他的脸色变得有些奇怪。"

"脸色奇怪?"

"对。眼睛像蒙了一层雾,或者说是表情有点暗淡……是在跟信田叶子说话的时候,但据说对话的内容很平常。"

内田警部补说出了对话的内容。大槻警部略微眯起双眼。

"关于信田叶子,可能再做些调查为好。毕竟她还是被害者生前见到的最后一个人。"

"我也这么想,所以多少收集了一点信息。"内田警部补挺起胸膛,说道,"她与大学时代的同窗结婚,因此来到了东京。夫家是在我们这里。哪知后来因为飞机失事失去了丈夫,接着又连遭不幸——没多久母亲也去世了,连肚子里的孩子都没保住。"

"这位太太很可怜啊。"

"失去丈夫的时候,她有过一次自杀未遂的经历。你也看到了吧,她的右手腕上有伤。"

大槻警部抱着胳膊,闷哼了一声。

"看来有必要调查被害者是否与那起飞机失事有关。"

"我也这么想。总之,我想追查被害者与信田对话时表情变得暗淡的原因。"

"明白了。那就请内田先生追查这个事,飞机失事那边我让喜多君去查。"

内田警部补接受了任务。

"说到喜多君,他对现场附近的寻访情况如何?有没有找到目击者?"

大槻警部摇头道:"没有。公园前的马路行人不多,又因为靠近山手线,很难听到什么声音。"

"确实。"内田警部补咕哝道。

或许是从这话里感受到了失望情绪,大槻警部提供了一项并非靠寻访得到的信息:"尸体解剖已经结束,望月先生把解剖结果拿来了。"

"是吗……"内田警部补的语气略有些含糊。

"死因不是击打,也不是绞首,而是由惊吓引起的心脏病突发。"

"心脏病突发?"

"对。望月先生说,死者应该是在被秋千砸到的时候突发心脏病。"

"被秋千砸到的时候……"内田警部补脑中一片混乱,以致只是重复了大槻警部的话。

"颈部留下的索沟也比较浅,不是吗?勒脖子的力量好像很弱,以至于按望月先生的说法,从勒痕来看,如果没有突发心脏病,被害者可能不会死。"

"勒脖子用的确实是那根绳子吗?"

"是的。从索沟提取的纤维与那花斑绳上的一致。"大槻警部点头道,"然后是击打导致的后脑勺裂口,也就是秋千砸出来的伤口,也远远构不成死因。由于血管破了,表面上看起来伤口很吓人,实际上顶多只能引起脑震荡。"

内田警部补歪了歪脑袋,说道:"总觉得很难理解啊。罪犯用秋千击打被害者的后脑勺,又用被害者向魔术同好借来的花斑绳勒了脖子。然而,哪一个都不是直接死因,被害者其实是因心脏病突发而死的?"

"解剖结果上是这么写的。"大槻警部郑重地说,"不过,据说被害者心脏不好,这样的死法也是完全有可能的。"

"这么说,罪犯是寄希望于死者突发心脏病?"

大槻警部摇头。

"那为什么不给予最后一击呢?"内田警部补反驳道,"后脑的伤远远构不成死因,勒脖子也勒得很不彻底。如果没有突发心脏病,被害者可不一定会死啊。"

"不,罪犯还是给予了最后一击吧。"大槻警部平静地回应道,"罪犯令被害者失去意识后,自以为用绳子勒死了他——肯定是这样没错。但事实上绳子不太称手,力量也不够,没起到什么效果。"

"可罪犯为什么要拿这种绳子当凶器呢?死者心脏病突发,所以才没出问题。但是,只要用普通的绳子勒,就算没有心脏病突发也不要紧,不是吗?"

大槻警部轻轻地呼出一口气，意味深长地点了几下头。

内田警部补眯起眼，说道："原来如此。这不是有预谋的犯罪，所以罪犯没有准备普通的绳子。"

"是的。但是，有些魔术师还是会随身携带绳子的吧？"

内田警部补同意对方的见解，说："明白了，我再去查一下。"

"好。连带着被害者脸色异常时的情况也一起问问。"说着，大槻警部从座位上起身。看他的侧脸，似乎比平常要兴奋一些。

内田警部补自顾自地点头，随后拿起会员一览表，再次跑出房间。

第二章

黑暗中并立的坟墓

"我要向各位隆重介绍这位千里迢迢从美国赶来的近景魔术大师——杰夫·麦金尼先生!"

以吉崎高亢的声音为号,RRMC 的会员们送上了响彻屋内的热烈掌声。掌声之响亮,几乎能刺痛人的耳膜。河合用手做成喇叭状,发出响亮的欢呼声。咱则打着呼哨表示欢迎。

有那么一瞬间,过于热烈的气氛令麦金尼面露困惑的表情,但下一刻他就以美国人特有的、开朗的肢体语言,朝三个方向各鞠了一躬。宽敞的客厅内弥漫起友好的笑颜。片刻后,掌声和欢呼声消散而去。

"好了,请先落座。"吉崎指着位于上座的沙发,用英语说道。

麦金尼道谢后,顺从地在指定位置坐下。他的身体足足比普通日本人大两圈,但坐上宽大的沙发并没有给人带来不协调感。

宽敞的客厅简直能放下一幢小型公寓楼。房间的右侧里处被一架三角钢琴所占据,多半只是单纯的装饰,其上摆着人偶、照片等各种小物件。右侧近门处是餐具柜,里面有许多韦奇伍德或皇家哥本哈根这种有名的工厂出品的杯子。玻璃桌居于中央,被皮革沙发所包围。形状奇异的贝壳装于箱中被陈列在那里。地毯是浅浅的红黑色,铺满了整个地面,与朴素的窗帘和壁纸一道使屋内的气氛变得平和。

这一天是周六——周二聚会后的第四天。前一天举办了桥本的葬礼。数月前众人就已定下在这一天去吉崎的宅邸过夜。因为大家听说麦金尼要来日本,在"梦幻国度"开设讲座,而吉崎会邀请他在自己家住宿。RRMC的会员们被桥本的突然死亡所困扰,但无意取消这个计划,倒不如说都想抱着祭祀之心,齐聚吉崎家度过这一日。

户外皆为暮色所染,万家灯火如散布于穹苍的群星。麦金尼本应在三点抵达,然而如今已是八点。去机场接人的关谷和若村这才带着他回来了。二人脸上都露出了浓重的疲惫之色。

"哎呀,真是够呛。麦金尼先生在海关被抓了,费了老长时间。"关谷一边擦额头的汗一边说。若村则以流畅的英语进行口译。平时若村给人的印象是一个做事浮躁的姑娘,不料却能说流利的英语。这是因为高中时代她去英国留过学。而关谷虽然具备超一流的魔术技巧,却不会说英语,也听不懂。他也读不了外文书,这在靠国外文献学习魔术的魔术师里是罕见的。

"他说，请大家叫我杰夫。"若村把麦金尼的话译成日语。

"哦哦，是吗。"关谷点了点头，"我俩一直在大厅等人，所以详细情况是事后才听到的。其实杰夫带的是凝固剂。那东西乍一看很像海洛因不是吗？要真是那玩意儿，能带来十包二十包的，岂不是大毒枭了，但兴许是海关的人没这么想。最后连警察都出动了，听说吵得还挺凶。在这期间，若村小姐和我也不知道原因，就这么傻等着，连晚饭都还没吃呢。"

稍迟片刻后，麦金尼发出了笑声。咱也跟着笑了起来。看来若村的口译功夫很扎实。

"关谷先生，辛苦你啦。餐室里准备了晚饭，你和若村小姐一起大快朵颐吧。"

吉崎脸上含着笑，向关谷致以慰问，但若村摆摆手谢绝了。

"不好意思，我说过的，今天我和别人有约。我在机场给人家打过电话，但现在已经很晚了不是吗。所以真的很遗憾，再不走就糟糕了。"

"喂喂，那谁来帮我们做口译啊？"河合环顾四周，露出求助无门似的表情。

"不是还有吉崎先生吗？"若村不客气地点了吉崎的名。

吉崎则摸着胡须，歪了歪头："这个对我来说有点吃力。"

"我也干不了。"咱则来了一个先发制人。

"那上野小姐怎么样？你是若村小姐的朋友，应该没问题吧？"中川晃着酒桶似的身子，指了指上野，态度比若村更不客气。

"这个我可不行。"上野把头摇成了拨浪鼓,"绫子能说是因为去英国留过学,我只是一个平凡的学生……"

"信田小姐,多根井君行不行?"

听关谷这么一问,感觉报复理的机会来了。

"嗯嗯,多根井君没问题,简直再合适不过了。刚才正想推荐呢。"

"学姐!"

"你英语很好的,不是吗?"

理一脸慌乱。

"那就这么定了!"

如此强买强卖,不知为何大家竟齐齐开始鼓掌,多半是都想把这件苦差事推给别人。理浑身上下都在表示拒绝,但无人理会他的抗议。

明明不可能懂日语,麦金尼却也在鼓掌。掌声还比别人的响。这个老外还挺会来事儿。

看清众人的表现后,若村面露安心之色,离开了吉崎家。如今现场就像高中时代加入的射箭部举办的聚会。关谷进餐室一个人吃晚饭,麦金尼好像在海关检查时吃过一点东西,谢绝了吉崎的晚餐邀请。

话说这房子还真大。正面玄关位于二楼,石阶的两侧沿边摆放着菊花的盆栽。一进室内,眼前就是楼梯,左侧是众人所在的客厅,右侧是两间可撤去隔断的日本和室,收有挂轴、屏风、漆器等物。客厅的最深处是连续几间玻璃房,密密麻麻地摆满了阳台上放不下的盆栽。右边的餐室铺着地板,可围坐六人的桌子占据了中心地带。从餐食通往里处及阳台的部分建有小小的和室,与跟前的厨房、卫生间、盥洗室相连。

与家人一起生活的时候,一楼还是游戏室,现在对吉崎来说则成了为魔术而建的城堡。不光是书斋,这里差不多还担起了卧室的功能。妻子先逝,儿女也已独立,除了每天都来的家政妇,偌大一个家如今只住着他一个人。因此,三楼的那一排卧室只给来客使用。能无所顾忌地邀请麦金尼住宿,也是因为有此后盾。

宁静的住宅区在黑乎乎的窗外铺陈开去。家家户户都灯火通明,想来是在享受合家团圆的快乐。拜那些灯火和路灯所赐,可以朦朦胧胧地看到街区的姿容。近代和风造型的住宅居多,其中也点缀着洒脱的西洋风建筑。这一带没有高楼和公寓,尽是独门独院,要说会阻碍视野的,也就只有学校的校舍了。

不久,关谷也吃完了晚饭,喝茶的时间到了。从餐具柜里取出数量与人数相等的杯子,和托盘一起摆上玻璃桌。往大型饮水机里注入热水,浸入数包袋装茶叶。无声透明的液体被渐渐染为红褐色的同时,亦升腾起了浓郁的芳香。

"向井小姐,杰夫在问你的着装。不是我要问啊。可以吗?"

理一直在做口译。就和初中期末考试的成绩一样,就算是恭维他的英语也绝谈不上好，但并不妨碍沟通，好歹也是无功无过。

"你总是穿和服吗？"

正按住袖口倒红茶的向井停下手，对理投以羞涩的笑容。她微微侧着脖子仰着头，尽管被长发造成的阴影所遮挡，但还是能看出白皙的脸颊像溅到了朱墨一般红了。

"不不，今天我是参加完夏日祭活动后过来的……"

与几天前的聚会不同，虽说也是和服，但今天她穿的是日式单衣。白底上画着黑色的牵牛花，朴素的图案如水墨画一般。但这图案反倒衬托出向井的雪肤。与之相对，腰带则是鲜艳的红色，与发夹的颜色十分般配。下摆以下只微微露出脚尖，白得令人目眩。

"杰夫说他喜欢适合穿和服的女性。"

理话音刚落，中川便颤动着双下巴说道："向井小姐赤足我能理解，多根井君为什么也要赤脚？"

时值盛夏，但空调的制冷效果恰到好处，完全不觉得热。理却脱下袜子，把脚缩进沙发的一角，不让别人看到。

"我这个人有点奇怪，在有地毯的地方，不赤脚就难受得不行。"

中川睁大双眼，说道："这是啥情况？这种怪癖我连听都没听说过。"

理难为情地笑道："还真是的，我也没听别人说过。我感觉这是一种很罕见的怪癖。"

"啊？还有这事？"

"因为我没跟学姐你在一个屋里待过啦。"理冲着这边有些乖戾地说，"总体而言，我是一个不在地毯上就不能生活的人。榻榻米啊，木板地啊，都不行。这大概是因为我的足底和地毯很契合吧。所以，要是中间夹了一层袜子之类的东西，就会觉得很不舒服。"

"难不成是均衡保湿方面出问题了？"关谷插话道，"在这种情况下，手心和脚底要么是太干燥，要么就是汗出得太多。有这种体质的，变戏法的时候很麻烦。"

吉崎连连点头："是的是的。做'四球表演'的时候会非常困难。桥本先生也说过同样的话。"

"可是……"河合正要接过话头，又猛然闭上嘴，身子一动不动，就此打住了。点着头听众人交谈的向井，表情中也显露出少许阴影。关谷的脸也有些僵硬。冷不防听到桥本的名字，所有人都难掩内心的不知所措。

"哎呀……"不过，最为困窘的人似乎是吉崎本人。他想说些什么试图转移话题，却没能说下去，只好点上一支烟加以掩饰。没人打算开口，似乎都害怕说错话。尴尬的沉默掌控了现场。

这时，麦金尼打了个响亮的喷嚏。声音大得足以引起众人的注意。随后，他从口袋里掏出一个配有闪光饰片、款式华丽的黑色钱包,拍了拍理的肩头要求口译。时机掌握得恰到好处,似乎是觉察到了周围的气氛。

"杰夫说他想为大家表演魔术。"

理说这句话之前,麦金尼已从钱包里取出一样东西。不知为何竟是气球。他涨红着脸,把气球吹鼓。这模样活脱脱就是一个充满服务精神的外国人,滑稽得光是看一眼就能笑出声来。

气球好不容易才鼓起,麦金尼却松开了充气嘴。空气伴随着一阵怪响跑光后,麦金尼脸上做着怪腔叫道:"Ballon!"

可能是觉得翻译成"气球"告诉大家也毫无意义,理只是一笑,什么也没说。

麦金尼又表演了一次吹气球失败、空气倒灌进嘴里的老段子后,秉着再一再二不可再三再四的精神,第三次终于成功了。气球色泽暗淡,像是直接用橡胶加工而成的。它被吹得很大,让人觉得这已是极限。

"请你好好拿着这气球。"

麦金尼通过理的翻译向上野发出指示后,从公文包里取出一根细长的棒状物。原来是金属制成的大型针。针被磨得闪闪发光,令人心惊胆战,针尖看起来亮晶晶的。

"哇!"咱叫了一声,飞快地从桌前退开,用手捂着脸,又向后退了两三步。一只老式热水瓶就放在咱身后,里面是泡完红茶后剩下的开水。由于是在倒退,咱没注意到热水瓶的存在。

"啊,烫……"

热水瓶猛然翻倒在地,开水溅向地毯,升腾起白色的蒸汽,同时也向咱袭来。没有时间躲避,开水如奔流一般覆上了穿着袜子的右脚背。咱发出了一声惨叫。周围的地毯吸收水分后,转为浓郁的红黑色。吐出开水的热水瓶以金属瓶口为支点,如钟摆一般左右摇晃,很快便停止了运动,仿佛什么事也没发生过。

"不能碰!"关谷叫道。然而,咱还是伸手准备脱下袜子。

"好痛!"

皮与肉像是分离了一般。撸下袜子怕是会揭去一层皮。咱不得不把袜子只脱到一半。

"去浴室冲一下水比较好。"吉崎说着,朝关谷和河合使了个眼色。咱被两人扶着去了浴室。中川不知从哪里拿来抹布,擦去了地毯上已不再是开水的水。麦金尼被吓呆了,他手里拿着针,一脸茫然。

幸好咱的烫伤不算严重。由于是老式热水瓶,里面已不是沸水,而且其实也没溅到多少开水。烫伤后立刻用水冲洗,不脱袜子、过后再用剪刀剪开,也都是非常恰当的处理方式。

咱把右脚浸入放了水的面盆,在远离桌子的地方坐倒在地。脚上起了很大的水疱,看来连绷带也不能缠了。

"刚才我就问了,说是怕尖头的东西。"关谷坐到沙发上,向众人说明情况。

"是尖端恐惧症吗?"

听了理的问话,关谷轻轻点头:"我不知道医学上管这个叫什么,总之是很憷尖的东西。"

"有人在地毯上不能穿袜子,有人怕尖头的东西,这世上还真是有各种各样的怪癖呢。"中川晃着硕大的身躯笑道。

"怪不得看到杰夫的针时被吓坏了。其实我也挺害怕的。"上野滴溜溜地转着眼珠,手里仍拿着气球。

"从工匠用的锥子,到钻孔器、注射器、尖头别针,总之都不行。多根井君,你能把这个给杰夫翻译一下吗?"

感觉理翻译得十分辛苦,但总算让对方明白了个大概。麦金尼展颜一笑,把手上的大型针收回公文包。对此举动,咱也在远处送上了含着感激意味的笑容。

"要不要喝点凉的换换口味?可乐、橙汁、乌龙茶,这里什么都有。"

机敏的吉崎提出建议后,会员们点了各自想要的饮料。向井拿着纸和铅笔,仔细记下每个人的要求。麦金尼通过理的翻译,说他喝可乐就行。

"信田小姐呢?"

"乌龙茶。"

"好的,关谷先生和信田小姐要乌龙茶。"

理悄悄插嘴道:"我想要苹果汁。"

然而,无人理会理的任性。吉崎家压根儿就没有苹果汁。

喝完冰凉饮料歇了口气后,关谷从随身带的包里取出一盒卡牌。看来是打算表演魔术。除此之外，他还拿出了标签贴纸和一支极细型的签名笔。标签贴纸已被切成小片。

"能翻译一下吗？就说我要表演魔术向他赔罪。"关谷略有些害羞地请求理。明明没喝酒，他的脸却涨得通红。

"请在这条橡皮筋上签个名。"关谷递上极细型签名笔，指着箍卡片盒的橡皮筋说道。

麦金尼似乎立刻意识到这是玩笑，做出拿笔拼命在那细窄处写字的模样。事实上还真的写下了几个字。其他人看到这滑稽的一幕，都被逗笑了。

关谷动作夸张地阻止对方再写下去，剥下小块贴纸，往箍在卡片盒中央的橡皮筋上一贴。虽然只是五毫米见方的狭小空间，但足以签上名字。麦金尼在贴纸上写下自己的名字，吹干墨水。这世上独一无二、无可替换的橡皮筋就此做成。

"大家都知道橡皮筋具有延展性，却不太清楚它的收缩性。此外，它还有收缩过度后变小、穿过物体的性质。"关谷一边说一边扯动橡皮筋，使其几度发出声响。随后，他从卡片盒上扯下橡皮筋交于右手。看似如此，然而徐徐张开的右手里已不见橡皮筋的踪影。

关谷用已验明空无一物的右手打开盒子的搭扣，慢慢抽出里面的卡牌。抽出一半左右的时候，可以看到卡牌上也箍着橡皮筋。伴随着爽利至极的动作，卡牌被一一从盒中取出。

"原本扎着盒子的橡皮筋贯穿盒子，箍在了里面的卡牌上。"

关谷小心翼翼地扯下箍着卡牌的橡皮筋。那橡皮筋上贴着白色的纸片，好像正是先前的那张贴纸。

"请你检查一下。"

麦金尼不等理的口译，把橡皮筋拉到近旁。贴纸上确实有刚才的签名。橡皮筋本身也留有麦金尼胡乱写下的黑字。毫无疑问，这就是最初箍着卡片盒的橡皮筋。

"这么精细的魔术，从这里可没法看清楚。"咱在远处抱怨道。别说是从咱所在的位置了，这种橡皮筋魔术就得放在眼前看。

"不就是因为你眼睛不好还不戴眼镜吗。"关谷拿不成借口的借口打马虎眼。

麦金尼说着英语盛赞关谷的表演，还弹了弹橡皮筋。似乎是想弹向咱。然而，橡皮筋直直地朝上方飞去，迷失在顶棚的灯光下，不知落向了何方。想必就在近处，但是谁都不打算去找。

因关谷的魔术，此后现场洋溢着会演的氛围。作为回报麦金尼变了一个戏法，紧接着河合上演了另一个魔术。咱也回到桌边，表演了一个简单的。唯有姓氏系列因无法用英语表现，吉崎没能露一手。

麦金尼来一个，RRMC 的成员也来一个，这场魔术拉锯战一直进行到午夜后。大家仿佛忘了明天还有讲座。

一切都结束后，众人各自去往三楼的卧室。河合明天要上班，必须早起，其他人可以不慌不忙，好好放松一下，直到家政妇上门准备早餐。

只有吉崎下楼,来到了原本是游戏室的一楼房间。月光映照着他的背影。埋头走路的姿势、从肩头到后背的曲线,都显现着前所未有的衰老气象。总觉得那影子急速地暗淡下来了。

*

下车时,额头已渗出一层薄汗。刺耳的蝉鸣声一举打破了住宅区的宁静。那蝉停留的巨松上是盛夏闪耀的太阳。如针扎一般令人感到痛楚的阳光,含着刺,猛烈地洒向大地,仿佛是在挑战什么。

内田警部补站在宅邸的正门前,藏身于黑而短小的阴影中。那里立有门牌,上面写着"吉崎"二字。这是一幢半和半洋的三层建筑。观其大小,称得上是一座宅邸。最顶端安装着小小的风信鸡。这天没有风,那黄色的小物体纹丝不动。房子已有些年头,也许是外墙重新涂装过,看上去崭新如初。不太常见的苔绿色墙壁,与蔚蓝的天空形成了鲜明的对照。

"内田先生,好像是要从这里进。"大槻警部从后面的车下来,指着守卫警所在的地方说道。整幢建筑恰好被收入T字形路口的角上。身穿制服的警察以立正的姿势,站在面对小马路的后门前,而非立有门牌的正门。

转过拐角,只见眼前停着一辆车——灰色的卡罗拉。两个目光锐利的男人一脸焦躁地倚靠在座椅上。车停在T字的横杆与竖杆相交的地方,能同时观察正门和后门。

守卫警认出大槻警部后,朝他敬了一礼,说道:"辛苦您了。"

多半是派出所的巡警,此前内田警部补从未见过这位年轻的警察。

"我是警视厅的大槻。"说着,大槻警部点头致意,简单介绍完部下的情况后,转向那辆脏兮兮的卡罗拉。他的眼睛在询问车内二人的身份。

"啊啊,您是要问那辆车啊。"年轻警察似乎觉察到了对方的意图,率先开口道。

"感觉是同行。"

"嗯,确实是……"年轻警察赞同大槻警部的话,但一瞬间又显出犹疑之色。他望了卡罗拉一眼,旋即把目光移回到大槻警部身上。

"其实他们是负责禁毒的保安二科的人。"

"保安二科?他们跟案子有什么关系?"

面对疑问,年轻警察毫不掩饰地流露出不快之色,像是一种针对其他部门的敌忾之心。

"他们说现阶段需要保密,不能外传。我们警署的人说,里面有外国人,没准儿是带毒品进来了……"

与年轻警察的对话就此结束后,大槻警部穿过了感觉像便门的后门。野崎刑警等人紧随其后,内田警部补也默默地跟了上去。

由水泥筑基的停车场的对面，可以看到形似侧门的入口。褐色的门开着，和后门一样，身穿制服的警察挺直腰杆站在门前。那里应该是进出一楼的门口。此外，左侧有一条小道，通往摆放着菊花盆栽的院子，貌似与可从正门进入的二楼玄关相连。

内田警部补一边向守卫警默默行礼，一边进入建筑。由于空调开得不足，室内被闷热的空气所包围。他知道自己的腋下在出汗。酷暑和湿气导致的不快感正在逐渐升级。

"据说是吉崎宏树被杀了。"

大槻警部转达辖区警署的报告时，内田警部补感到了一种类似于兴奋的情绪。因为他觉得，又一位 RRMC 成员的遇害与桥本的被杀有关。

几天前内田警部补趁众人列席参加葬礼的机会，再次讯问了所有会员。桥本脸色暗淡下来时的对话、当时的情况、理应看到的景象等，都仔细地问过一遍。见到了什么才有了那样的表情？听到了什么才露出了那样的眼神？当时死者正在想什么？然而，他仍然没找到貌似能用来解释这些现象的线索。

调查信田叶子的喜多刑警，得到的似乎也是同样的结果。桥本与导致她丈夫死亡的飞机失事毫无关系，与她的自杀未遂完全无关。慎重起见，他还就其流产和母亲的突然去世进行了调查，但也没能找出关联。相反，得知信田是大槻警部的某个熟人的外甥女后，警方对她的印象还好了起来。

"这么说,和杀害桥本的是同一个人?"听说吉崎被杀,内田警部补不由得问道。

而大槻警部的回答则措辞谨慎又充满自信:"我想关联是肯定有的。因为我听说,被害者是在扑克牌的围绕下死去的。"

"绳子后面是扑克牌吗?"

"嗯。遇害时的情况与魔术道具有关,我总觉得这暗示了凶手就在会员当中。"

"很有可能。"

"死者是在自己家遇害的。而大部分会员都在他家过夜,所以……"

内田警部补回忆着大槻警部的这些话,来到一度是游戏室的房间前。他感受到了炎热,以至于能觉察出流至耳后的汗水。

"辛苦了。"一个男人走上前,态度恭敬地行了一礼。此人面似满月,是辖区警署的刑警。

"望月先生在检查尸体。我已把所有在这里过夜的会员都叫到了二楼的会客室。"

大槻警部一边进屋,一边点头致意:"谢谢。我要先看一下尸体。"

刑警用手帕擦去额头的汗。屋里好像没有空调。

"请注意脚下。因为没准儿还能从地板上提取到指纹。据说拖鞋只有被害者穿的那一双。"

吉崎的房间里铺着木地板,使人联想起健身教室。过去这里肯定摆放着乒乓球台或桌球台，痕迹至今仍清晰可见。由于只有桌下铺着软垫，大部分木板都磨损严重。

没准儿凶手一不留神用手撑过地板——圆脸刑警大概是在暗示这一点。对指纹敏感的罪犯也可能忽视地面，所以很多时候会意外地在铺地板的房间里留下指纹。这恐怕是因为罪犯没觉得是在触摸。内田警部补曾经遇到过几次这样的情况，拜其所赐轻松地破了案。

"明白了。"

大槻警部点点头，从已完成指纹检验的地方走过，向尸体靠近。验尸官望月伸彦正在检查。

内田警部补没有跟过去，而是在原地环视四周。屋子极大，整体感觉像一间舞蹈练习室。这不光是因为铺着地板的缘故，宽敞度、高度、明亮度等都使人产生了这样的联想。面积大、家具相对较少也是原因之一。

朝向正门的左侧只有墙，仅摆放着两座带玻璃门的书橱。正面则做成了垃圾清理口，可由此下行，步入小小的院子。院子里可能种了蔬菜，藤蔓团团地缠绕在竹竿之上。右侧也有窗，窗前放着床和电风扇。另有一面想必是特别定做的镜子，若称其为穿衣镜则未免过于庞大，它和形状奇异的桌子一起引发了内田警部补的关注。这两样东西似乎都是用来练习魔术的设备。

吉崎的尸体就躺在那桌子旁边。从床单和毛巾被上的血迹来看，明显是在睡梦中被杀的。根据地板上的那道淡淡的血线，死者似乎是从床上爬到了桌前。他从抽屉里取出扑克牌，多半就在这时油尽灯枯，大部分牌都没能握住，撒了一地。不过，也许是为了指明凶手，有几张牌被他牢牢地攥在手里。总觉得这拼死一搏的模样道出了被害者最后的努力。

"死亡推定时间是今天凌晨两点到三点，死因是刺伤导致的大出血。凶器从右上方斜斜向左刺入后背，由于没有刺中心脏，多半不是当场死亡。"望月验尸官保持蹲姿，阐述了自己的意见。他身材瘦削却浑身都是肌肉，五官也端正。倘若不攻读法医学而是成为临床医生，想必会大受护士们的青睐。此等容貌更适合接待女性，而不是处理尸体。

"感觉出血量有点少啊。"大槻警部提出了自己的看法。

"因为刀一直戳在死者后背上。我想你应该知道，如果是锐利的刀具造成的创口，只要不拔出凶器或剧烈运动，通常不会大出血。也就是说，刀起到了类似瓶栓的作用。"

"原来如此。确实是这样。"

内田警部补看了看连连点头的大槻警部，为加入二人的对话，也向尸体走来。于是，他见到了先前被望月的身体遮挡住的部分。

被害者穿着色彩鲜艳的睡衣。可能是爬行过的缘故，腹部的衣服翻卷着，被干涸的血微微染成了红黑色。后背上插着的刀和水果刀差不多大小，如今只露出一个柄。被害者倒下时赤着脚，表明他是在睡梦中遇害的。内里添加羊绒的拖鞋怎么看都不适合夏天穿，此时两只鞋都被脱在床边。

也许是听到了脚步声，抑或察觉到了动静，望月验尸官抬起了漂亮的脸庞。内田警部补微微低下头，提出了萦绕在心头的问题。

"被害者手里好像拿着牌。"

"是的。攥着四张牌。"

望月验尸官揉弄尸体的手指，将其一一掰开。因死后僵硬的缘故，这个活儿干起来似乎相当费劲。

尸体手中的四张牌是纸制品，背后绘有蓝色的图案。内田警部补曾在电影《小精灵》里见过一个场景——坏掉的机器里吐出了好几张和这纸牌一样的东西。不过与电影不同的是，这里的纸牌被捏得弯曲起来，手上的血还沾在了纸牌上。

"这意味着什么呢？"大槻警部自言自语似的嘀咕道。

"是说这个红桃7、黑桃4、梅花7、方块5吗？"内田警部补有些纳闷，"考虑到被害者从床上爬到这里，我认为，把这四张牌解释为对凶手名字或某种线索的指向，应该不会有错。"

大槻警部赞同道："应该是吧。一来这里找不到纸笔，二来就算想写血字，出血量也太少了。"

"那么现在的问题就是，这四张牌表示什么？"

"表示一个四位数吧，也可能是占卜之类的……"

望月验尸官无视二人的讨论，缓缓地站起身。看来他已完成尸体的初步检查。

"我会在解剖结束后报告详情。能告知的东西恐怕要比上一个案子少……好了,回头见。"

望月验尸官微微行过一礼,体态优雅地离开了现场。鉴识科的刑警们则像是等待已久似的,围着尸体开始了各自的工作。

"话说这房间还真热。"内田警部补长出了一口气,说道。

"因为没装空调。房间太大了,制冷效率很低吧。"大槻警部打量着电风扇回应道。电风扇又高又大,像是旅馆大浴场里摆的那种。

"窗户好像是关着的。"内田警部补检查了有床的那一侧墙上的窗,说道。窗户内侧牢牢地扣着月牙锁。百叶窗也闭合着,挡住了午后来自西边的阳光。

"电风扇是在定时时间走完的情况下停止转动的。我认为,'被害者设定好风扇停止时间后才遇害'的想法比较妥当。"

"也就是说,被害者是在睡觉时被刺伤的?"

"嗯。不过,这种事很容易动手脚,所以也不能断言。"

大槻警部始终保持着审慎的态度。但是,被害者身穿睡衣,脱掉了拖鞋,床单和毛巾被上又有血痕,综上所述,可以认为事实就是如此。进而,死者若是在睡觉时遇害的,凶手进入房间的方法则将成为焦点问题。

"去往庭院的通道也一样。"内田警部补看了看南侧,说道。既然是在一楼的房间睡觉,就算晚上热得难以入眠,紧闭窗门也是理所当然的举措。为防备有人从室外侵入,自然会锁上门窗吧。唯有垃圾清理口上方的小窗一直开着,大概是因为不必担心人能通过那里进来。完全封闭的房间必然暑热难当。

"相比房子,院子倒是很小啊。"大槻警部来到他身旁,说道。

"是房子太大了吧。"

听内田警部补如此回应,大槻警部轻轻苦笑一声。

"围墙倒是更显眼。"

地皮基本用在了房子上,建筑面积率恐怕已达到规定的上限。若要称这片空间是庭院,未免太小了一些。高高的围墙如狱墙一般连绵不绝,将这片空间与邻家分隔开来。围墙对面是一道缓坡,下行一段距离后又转为上行。坡上建有住宅,彼此之间相隔甚远。

"接下来就要看门是不是关着的。只是,这个得问一下发现人才能明白。"大槻警部缓缓地开口道。看这意思,现场想看的东西他都看过了。内田警部补仅以眼色表示赞同。

二人走出闷热的、没有空调的房间,只检查了门,得知是半自动式的,随后便上了楼梯。楼梯很宽敞,扶手上也没有任何装饰,造型简易。充分利用木纹的设计,与淡褐色的壁板极为协调。

正面是浴场,右侧有盥洗室。露出红色门把护罩的地方应该是卫生间。登上楼梯,在左侧稍稍回退,便是会客室。屋内的装饰均基于缜密的设计,舒爽的冷风经由大开的房门流泻出来。

"啊啊，夫人，听说是你报的警。"一进客厅大槻警部便这样说道，也不与待命的刑警寒暄几句。那刑警也像地藏菩萨似的绷着脸，态度冷淡。内田警部补代为问候，并做了简单的介绍。

一个身材魁梧的洋人躲躲藏藏似的坐在角落里。盎格鲁－撒克逊风格的脸庞，给人一种容易亲近的感觉。看上去像是美国人或加拿大人。被怀疑带毒品入境的就是这个男人吗？只凭外表判断是危险的，但内田警部补怎么也无法想象他会是这种人。

"能不能放夫人回去，其他人留下？"大槻警部小声询问地藏菩萨脸刑警，"这个人差不多算是警方相关人员。可以的话，我想过后再个别交流……"

"感谢你们每次都来订餐！我是福屋餐厅的。"

就在这时，额头缠着手巾的年轻外卖员发出嘹亮的喊声，不合时宜地登场了。多半是众人还没吃午饭，便想点外卖来解决。大家接过各自订的套餐。刚才大槻警部没把话说完就被打断，此刻又因这漫长的中断失了时机，最终什么也没能说出口。

关谷试图平息心中的烦躁，一根接着一根地抽烟，几乎没动放在眼前的细切油炸豆腐面。另一边的理估计是个嘴馋的，一脸"吃饭就是香"的表情，扒拉着炸猪排盖饭。信田叶子朝拿着荞麦面碗的右手吹气，似乎是被烫着了。河合周日也要去百货商店上班，人不在这里，尸体被发现时，他多半还在工作。没在这里过夜的若村也不见人影。除此之外，曾经问过话的 RRMC 会员都已聚集在会客室。另有一位女性也和众人坐在一起,貌似是吉崎的家政妇。

待所有人吃完后,大槻警部开始了讯问。

"首先,我想从发现尸体时的情况开始问起。"

屋内回荡起清朗的说话声。似与那声音呼应一般,关谷口齿清晰地回答道:"第一发现人是我和家政妇。"

"是在一楼的那个房间里发现的?"

"是的。"关谷点头道,"除了河合君,我们几个都相当悠闲地度过了早晨这段时光。但是,到了早中饭时间吉崎先生还没起来,于是我和家政妇一起去叫醒他。"

"原来如此。当时门是锁着的吗?"

一瞬间关谷抬头望向上方,摆出思考的模样。

"嗯,锁着的。因为我们敲门后,见没人出来,就回到楼上去取钥匙了。"

"这么说,你有房门的钥匙?"大槻警部问家政妇。

"是的。为了方便清扫,我这边备有钥匙,可以随时打开房门。"

"是这样啊。在座的每个人都知道放钥匙的地方吗?"

家政妇似乎在犹豫要不要回答,最后还是开口说:"就算不知道,我想也很容易找到。毕竟只是挂在了餐室里处那间和室的墙上。"

"也就是说,就算吉崎先生锁了门,在这里住宿的人也可以自由出入他的房间,是吗?"

面对大槻警部的求证，家政妇犹豫要不要点头。她一度偷眼环视四周，好像很在意旁人的眼光。

"雇主先生并不是每次都锁门……"

"明白了。我们继续。"大槻警部落落大方地说，"你们去叫醒吉崎先生时，门上的半自动锁是锁着的。为了开门，你们拿来了挂在和室墙上的钥匙，是这样吗？"

关谷默然点头。

"开门进了房间后，是什么情况？"

"不，我们没进屋。"关谷否认道，"我们只是打开门，看到吉崎先生正倒在地上。虽然灯暗着，但院子那边有阳光射入，屋里足够明亮。看他背上戳着刀子的样子，直觉告诉我，他已经死了。"

"原来如此。也就是说，为了保护现场，你们没进屋。"

"是的。连救护车都没打算叫。"

大槻警部连连点头，将话题转向其他方面。

"你是否知道吉崎先生是握着扑克牌死的？"

"不知道。"关谷摇头道，"我的确看到吉崎先生的周围散落着纸牌，但没有余力观察得那么仔细。"

"原来如此。事实上死者的右手握着四张牌，分别是红桃7、黑桃4、梅花7、方块5。对此你是否有什么头绪？"

面对大槻警部的提问，关谷的脸色渐渐地变了。然而，脸色变了，却也没了回应，只生成了一段来自沉默的、令人厌恶的空白。其他人似乎也明白了什么，个个神色紧张，闭口不言。此时，坐在最后面的理改变了现场的气氛。

他问道："这四张纸牌就是所谓的'Dying Message'吗？"

"Dying Message？"大槻警部重复着这个陌生的词，反问道。

"没错。硬要翻译过来的话，就是'临死时的留言'。这是身负致命伤的被害者为传递出凶手的名字，想尽各种别出心裁的方法留下的最后遗言。"

"这个也是你喜欢的推理小说里常用的手法吧？"内田警部补语带讥讽地问。

"没错。一旦罪犯明白了其中的含义，留言就会被抹掉，所以被害者不会直接写出名字，而是留下形式复杂的信息。这个差不多算是一种成规了。"

"可是，如果我们也弄不懂的话，不就毫无用处了吗？"

"真弄不懂的话，可能确实会像你说的那样。"理的嘴角浮现出笑容，"那么，这四张纸牌确实是被害者设置的死前留言吗？"

大槻警部缓缓点头。

"想来不会有错。毕竟吉崎先生在床上被刺后，为取出扑克牌爬到了桌子那边。"

"是睡觉时被杀的吗？"

"恐怕是。"大槻警部毫无厌烦之色，向理说明现场的情况,"电风扇是过了定时时间停的,床单和毛巾被上也沾有血迹,被害者换上了睡衣,还脱掉了拖鞋。通过这几点,我们认为吉崎先生是在熟睡时被人从身后刺伤的。门是锁着的,对吧?"

"嗯。"

"尸体被发现前,有人进过吉崎先生的房间吗?"

无人回答。

"总之,问题在于这四张纸牌到底意味着什么。"内田警部补心浮气躁地亮出了结论。

理听闻此言,不知为何沉默了。和花斑绳那时一样,理可能正在搜索拿四张纸牌来比拟杀人的作品。只见理歪着脑袋,眼睛眨个不停。

"在座的其他各位也对这四张纸牌没有头绪吗?有没有什么线索呢?"大槻警部反复问道,语气里含着期待,期待众人能做出回应。这些问题与刚才询问关谷的一样。

"这个数字,呃……是7、4、7、5对吧?"上野确认似的问道。人在知道些什么的时候,通常会采取这样的问法。

"对。你是不是发现了什么?"

"啊?没有没有……"上野面露惊慌之色,像是看到了什么可怕的东西。

明显是在说谎。加之关谷刚才也变了脸色,毫无疑问,至少有那么几位知道这四张纸牌的意思。看他们不愿当场说明,恐怕是因为死前留言指向的是某个会员的名字。既然如此,感觉再怎么问也不会有人回答。

"是吗？如果你们知道了什么，就请联系我们。"

大槻警部也有同感，所以不再深究。与此同时他终止了讯问，似乎是觉得该结束了。

"感谢你们的协助。"伴随着一句客套话，大槻警部站起身来。

会员之间顿时洋溢起轻松的氛围。然而，就在众人松下一口气的瞬间，中川嘴里漏出了一句话。这句话没能逃过内田警部补的耳朵。

"绫子她真的……"

望月验尸官的解剖结果书里，除了可在现场获知的信息，再无其他值得一提的内容。唯一的收获是，由于刀是从右上方斜斜地刺入背部左侧的，凶手极可能是右撇子。

鉴识科送来的报告也是大同小异。包括小刀在内，周边的所有物品上都没有指纹，铺着地板的地上也未发现指纹。而且没有擦拭的痕迹，看来压根儿就没有沾上过指纹。凶器是厨房里的水果刀，并非罪犯留下的东西。现场没有发现一样可疑物品，貌似能成为线索的不过是被害者攥在手里的那四张纸牌。

"好像所有会员都知道那个 Dying Message 的意思啊。"年轻的野崎刑警搭话道。内田警部补闻言，猛然抬起头来。此前他的目光一直落在笔录上。

野崎刑警被分到这个部门还不足一年，经验最浅。他应该和自己的儿子年纪相当，但个子矮小，一对橡子似的圆眼睛让他看上去比实际年龄小得多。想来是因为单身又没钱，他一直住在警察宿舍，省了房租。内田警部补的家就建在宿舍旁，两人回家自然会走在一起。他俩之所以被凑成搭档，这可能也是原因之一。拿音乐定时开关器当闹钟，上班路上不离随身听，野崎刑警属于那种与音乐共生的新人类。或许是这个缘故，他似乎总能马上记住外来的新词汇。

"Dying Message？啊啊，是在说那些纸牌吧。"

"是的。警部补没这个感觉吗？"

"呃……应该是的。"内田警部补故意拖着长音说道。

"多半是指向哪个会员的吧。"

"嗯。对了，你有没有听到？结束讯问的时候中川香突然嘀咕了一句。"

野崎刑警一脸惊讶地说："没听到……是说了什么很重要的话吗？"

内田警部补严肃地点了点头："中川的话到底有多重要，这是个问题。总之，她嘀咕了一句'绫子她真的……'。"

"这是什么意思呢？"野崎刑警精神振奋地问道。

"谁知道呢。要么是指扑克牌暗示的是若村，要么就是随便嘀咕了一句，跟案子毫无关系……"

这时，大槻警部回到屋里。他显得相当兴奋，看来是获得了新的信息。

"保安二科给我们提供了珍贵的线索！"

闻言，小林刑警和喜多刑警也转过头来。大家自然而然地聚拢到大槻警部的身边。

"内田先生，你还记得吧？当时有一辆车停在T字路口的角上。"

面对大槻警部的问话，内田警部补平静地点了点头："记得，有两个目光锐利的男人焦躁不安地坐在里面。"

"这两个保安二科的人说，从麦金尼抵达吉崎家，到尸体被发现、辖区警署的人赶来为止，他们一直在监视正门和后门。"

"一直吗？"

"对，一直。"大槻警部以低沉的声音答道，"似乎是他们怀疑麦金尼带了大量海洛因入境，便从机场一路跟踪过来，一边核查所有与他接触的人，一边在吉崎家的门口监视。因此，直到第二天早上都一直在监控那幢宅子。"

"也就是说……"

"是的。由于正门和二楼的玄关没有锁，所以凶手也可能是某个从外部侵入的人。但现在我们不必再考虑这种可能。毕竟窗户锁着，围墙很高——我们已确认无法翻越。把嫌疑人的范围限定在住宿者内，应该是没问题的。"

内田警部补不由得皱起眉头："这么说，若村绫子就不可能是凶手了？"

"若村绫子？"

见大槻警部面露惊讶之色，内田警部补向他大致解释了一番，也即刚才对野崎刑警说的那些话。听着听着，大槻警部眯起眼睛，眼神阴沉下来，印刻在眉间的皱纹更深了一层。

"原来如此。果然还是得先解读 Dying Message 啊。"大槻警部听完解释后这样说道，脸上的表情依然严肃。

"Dying Message 啊。"不知不觉中内田警部补也记住了这个词。

"那四张牌是不是真的指若村，结论不同，则中川嘀咕的那句话的意思也就不同了。"

"但是，那些人多半不会开口，至少是在他们内部得出一个可以接受的结论之前。"

"可不是吗。所以，必须由我们自己来思考那四张牌的意思。"大槻警部说完这句话，就此闭上了嘴。随后他一转身，向书桌走去。

"不管怎样，还是别泄露保安二科提供的信息为好吧。"内田警部补说着，也回到了自己的办公桌前。他打算思考死前留言的意思。

先取出便笺，写下"7475"。随后依次记录能从这四个数字联想到的事物。如此这般，他完成了几份列表。接下来只需四处奔波，确认是否有人与这串数字相吻合。

第三章

能面才是本来面目

感觉墙边的带罩灯比往常暗了一些。深棕色的桌子看起来几乎是黑色的。今天,朦胧的石砖内壁也烘托不起梦幻般的氛围了。就连刚点的咖啡也因这颜色,总觉得味道不可思议地浓郁。

室内在播放音乐。听那声音,想必是财津和夫或小田和正的。歌词与旋律融为一体,被包裹在怡人的甘甜之中。这是一首已听过好几遍的老曲子。

七点三十五分。店内墙上的古董钟始终宣告着同一个时刻。形状别致、长短不一的指针,几乎重叠在一起。刚才看时也是如此。似乎长针追上短针后再也没有动过。感觉时间流逝得极慢,以至于让人心生怀疑,莫非长指针放弃了对短指针的赶超?

问题篇

RRMC 的例会。本月的第一个星期二。依惯例，这个时候众人应该已会聚一堂。然而，拼接起来的桌前只坐着寥寥五人。可能不会再有人来了。空出来的座位醒目得令人心烦。现场被沉闷的空气所掌控，每个人都在犹豫要不要开口。

空调风力太大。也许是位置的关系，这里会直接吹到冷气。虽已穿回挂在椅背上的夏服，但没什么效果。咱觉得冷而点的第二杯热咖啡，未能让情绪也跟着暖起来。

还在播放音乐。虽说没到吵人的地步，但意识始终在捕捉这平时原本不会去听的声音。一定是神经太亢奋了，已被调低音量的背景乐，竟觉得响亮无比。

"果然人来得不多啊。这也没办法，毕竟出了那种事……"若村说着，将只吸了几口的烟摁进烟灰缸、掐灭。是淡绿色的 sometime 牌轻型烟——一种薄荷烟。还没吸到一半的烟几乎填满了整个烟灰缸。看起来她似乎是因为无所事事，所以虽然不想抽烟，却又靠烟来解闷。

"是啊。女观众们也没来。"大概是因为冷，理一边放下折起的衬衫袖管，一边轻轻点头。社团的集体研修已经结束，但理一个人留在了东京，说是有朋友在这里。所以理退了旅馆的客房，如今在那朋友的家里住。据说房子很大，位于田园调布附近。

"只有信田小姐和绫子啊……"河合望着店门，以失望的语气嘀咕道。和若村一样，他的烟灰缸里也堆满了烟蒂。他掐了又吸，吸了又掐，从进店时开始就吸个不停，似乎是感受到了某种心理上的压迫。

"谁能想到桥本先生和吉崎先生会出那样的事啊。"若村"呼"地叹了口气，放下托着腮帮子的手。因这微弱的空气流动，用吸管包装纸做成的花飞舞起来，轻飘飘地落在桌面上被水沾湿的地方。纸花立刻吸入水分，好似溶化了一般塌缩下来。

吉崎的葬礼还没办，因此自周六晚上以来，这还是若村第一次与会员们见面。为了参加射箭部的聚会，那天若村离开了吉崎家。次日关谷打来电话前，她还什么都不知道。因此，她好像完全不清楚吉崎之死的详情。

"警察，没去，绫子你那边吗？"河合问得结结巴巴，带着试探的味道。语至末尾似乎还有点颤抖。

"因为我没在那里过夜啊……他们来找过你？"

"是啊。过不了多久他们就会去你那边吧。毕竟我也被问了很多问题。"

闻听此言，若村绫子垂下眼帘，不吭声了。想吸烟，但盒里已经空了。她用手指在包里划拉，取出一盒新烟。时刻带在身边的打火机是芝宝牌的。若村点燃香烟的前端，青烟立刻袅袅升起。

"绫子基本不了解吉崎先生的案子吧？"河合略显不安。

"嗯。"若村吐出一口烟。感觉她有些焦躁，脸上的表情显得极为倦怠。

"真的什么都不知道？"

这确认式的口吻令若村圆睁双目。她看了河合一眼。

"你这是什么意思？"

看来若村已意识到河合与往常有所不同。拿在手上的细烟在微微抖动，似乎是对河合眼中的不信任和疑惑之色，感到了某种爆发式的、连自己也说不清道不明的愤怒。

"不是……"

"能不能别提这件事了？"关谷不慌不忙，拦住了河合的话头。语声低而平和，听着就像学校老师的口吻。他介入两个年轻人之间，仿佛是在调解学生打架的事，颇有些年长者的派头。

"毕竟我们好不容易才这么聚在一起。"

听了关谷的劝解，若村什么也没说，只是把吸入的烟吐向河合的脸。随后，她把烟摁进装满了烟蒂的烟灰缸、掐灭。这事做得不太顺利，没能完全掐灭的烟灰升腾起了旋涡状的白烟。

河合只是皱了皱眉，也什么都没说。他从口袋里取出万宝路烟，用廉价的打火机点燃，随后轻轻地靠着椅背，悠闲地抽起来。若村刚才的反应似乎让他放下了心。来时显露出的不安神色随着时间的推移，如退潮一般自然而然地消失了。

沉默延续了一段时间。

"可以叫咱作'夫人'吗？"如此低声询问是为了不打扰那两个一言不发的人。

"果然觉得很冷是吧，学姐？还说起冷笑话来了。"理面露温柔的笑容，与周围的气氛不相吻合。

"啊，不是这个意思……"

"没事的，我跟你换个位子，你坐靠内的位置。"

理起身到一半时，关谷提议换场地："既然如此，索性就到我家来吧？就我们五个人在这里，也不是个事啊。"

关谷是指现在的这种尴尬沉闷的氛围吧。区区五个人占据这么大的空间，想必也是他所顾虑的。不知不觉中已经过了八点，依然没有其他成员到来的迹象。

"欸，真的可以吗？现在去你家？"若村闷闷不乐的脸，因关谷的提议露出了些许笑容。

"内人在盂兰盆节前回了娘家，我工作的学校也正在放暑假，明天只需去露个脸就行，这段时间正好空着。只要做好在我家过夜的心理准备就没问题。"

"太走运了！"河合也放松了脸颊，"我一直很想去关谷先生那里。而且明天我休息，就算过夜也不要紧。"

关谷拧动略显肥胖的身体，朝这边看来："那信田小姐呢？"

"嗯嗯，反正我是无事一身轻，只要给婆婆打个电话应该就没问题了。"

"多根井君呢？"

理微微一笑，说道："我也是学生啦。"

做出决定没花多长时间，转眼间众人便达成了共识。多半是大家都想努力打破这沉闷的气氛，一直在等待契机，于是立刻倒向了关谷的提议。

"那就这么定了。"

这句话犹如一声号令，众人各自恢复了活力。像能面一般僵硬的表情开始松动。总觉得大家都松了口气，甚至能看到笑容了。令神经紧绷的阴郁氛围顷刻间消散殆尽。

大家委托戴蝴蝶结的侍者，若是其他会员来了，就告知今天的例会取消了。老板总是容忍俱乐部成员的不合理要求。如此这般，五人当即起身，结好账，把堆积如山的烟蒂留在烟灰缸里，离开了"红河"。

乘坐丸之内线到池袋，再转西武池袋线。关谷的家位于东京都内，就在距离所泽很近的地方。据说那里住宅楼林立，而他却住在孤零零的一幢老旧的独栋小楼里。听他的口气，虽然比不上吉崎家，但房子也算是相当大的。

"我们分成三人和两人，各坐一辆出租车吧。我家离车站很远，还有一段路是要上坡的。"进入电车坐上位子后，关谷这样说道。关谷在左边，理在右边。

因时间段的关系，车上不怎么拥挤。站着的人集中在车门附近，几乎没有人拉吊环。车厢内十分安静。窗外一片晦暗，汽车队列打出的光束明亮耀眼。

正自为难该如何回答时，理突然狠狠地说了一句："出租车！"声音大得都能引来其他乘客的关注。和好如初、正在交谈的河合和若村也转头看向理，不明白发生了什么。

"你怎么了？"关谷以惊讶的目光打量理的脸。理紧闭双唇，不准备开口，看来是不想解释大叫的原因。平时理给人温厚柔和的感觉，却也有强硬的一面，意外地竟还是一个顽固的人。

"多根井君晕车。"只能代为解释了。为了可爱的后辈，这也是没办法的事。

"可是，说是坐出租车，也就十分钟左右啊。"关谷面露浅笑，语气轻松地说道。

"就这十分钟好像也不行，汽车就像理的天敌似的。"

"难以想象这是一个现代人啊，是缺乏社会适应性吗？"

"不，理本人声称是因为半规管敏感。"

闻听此言，若村笑出声来。

"完全看不出多根井同学神经有那么纤细啊。"笑意在若村的脸上荡漾开去。

"这孩子啊，属于很让人操心的类型，真是挺意外的呢。"作为学姐，姑且为后辈辩护一句。

"说起来，上次理还感叹过没法在地毯上穿袜子。"河合只在眼里透出笑意。

"好了，这有什么关系呢，毕竟大家都挺闲的，走走路也不要紧吧？你说是吧，关谷？"

关谷忍住笑声："嗯？啊啊，可不是嘛。"

"那就这么办吧。"

这时，关谷似乎想到了什么，原本就细长的眼睛因笑容变得更细了。他把头转向理,问道:"多根井同学,你骑自行车没问题吧?"

"嗯,自行车的话没问题。"理厌烦似的开启一度紧闭的双唇。被众人这么一通笑,理似乎有点闹情绪。

"那我们这么办,去站前的自行车废弃场借几辆车。说是上坡路,其实也没多陡,所以骑自行车也能轻松地上去。回去的时候是下坡,就这么跨在鞍座上不动,能一路溜到车站。"

若村把大眼睛睁得圆咕隆咚,插嘴道:"关谷先生,站前的自行车废弃场是什么地方?"

关谷微微点头,像是在说"啊啊,我会解释的"。

"没停在正规停车场的自行车会被移到别处,也就是自行车废弃场。这个方法靠权力强制,弄出来是为了应对忍无可忍的乱停车现象。乱停的自行车,谁骑走都可以,就是这么一个制度。"

"喔,好厉害的手段。"

"总之,这次我们就用这个,不坐出租车了。多根井君,你觉得怎么样?"

"好。"理似乎在思考别的事,过了一会儿才点点头。理的视线仿佛正在远方的某处徘徊。

"那好,就这么定了。"关谷温和地笑了。此后他开起了玩笑,说应该没人不会骑自行车吧。

"对了,关谷先生。"

"怎么?"

"我想问一下,你有没有记住车牌号?"凝视着窗外的理反过来问道。

关谷面露惊讶之色:"是说牌照上的号码吗?"

"嗯。刚才说话的时候,我想到了一件事。"理的眼角浮现出明朗的笑容。

"是6378,这个怎么了?"

"就是死前留言啦。"理的声音洪亮而清晰,"四张牌似乎指的是一个四位数。于是,我就在思考附有四位数的事物。碰巧刚才的对话里出现了汽车,我就想到了牌照。"

关谷没有立刻回应。他不再看理,而是让视线逃向悬挂在车厢内的广告。广告上印着某女性杂志的文章标题,用词煽情,近乎下流,以至于看着看着,自己都会害臊起来。旁边关于时尚杂志的广告上则排列着一串串冗长的片假名单词。照片里的模特算不上特别漂亮,但也颇有诱人之处,不免会引发错觉,以为衣服穿在自己身上也合适。

"你怎么知道四张牌就是指一个四位数?"过了一会儿,关谷缓缓地开口道。声音低沉,含着阴郁的气息。

"因为上野小姐问的时候,只确认了数字。"理若无其事地答道,"她没有问纸牌的握法,也没有问死去时的姿势,就连四张牌的花色都没确认,只是再次询问了数字。这就意味着,只有这个四位数具备意义,而上野小姐知道是什么意思。"

"你是想在这里谈论死前留言吗,多根井君?"

"不不,学姐,我只是在考虑有四位数的事物,试图找出其中的含义。学姐能不能也助我一臂之力呢?"

看来理完全没有意识到,一起乘车的这些人,除若村之外全都知道死前留言的含义。想来是在吉崎家接受讯问时,理坐在最后面,所以没看到关谷变脸色的一幕。理只是根据上野的话,推导出只有这个四位数具备意义。倘若知道除上野外其他人也都明白,理应该不会说出这种话。

"你应该清楚吧,学姐很讨厌死前留言类的推理小说。"

"我也是啊。死前留言和不在场证明破解,我真是怎么也喜欢不起来。不过,这不是什么喜不喜欢的问题吧?这可是必须解决的命案。"

若村面露不解之色,一脸困惑地插话道:"我说,这个死前留言是怎么回事啊?"

理正要回答,列车长通知即将靠站的广播响了。声音之大,如怒吼一般。不久列车降速,缓缓驶入了车站。由于大家所在的车厢正对着检票口,下车人数众多。相反上车的人则很少。拜其所赐,现在已经没有站着的人了。车门伴随着汽笛声徐徐关闭,列车再次启动。宣告下一站站名的广播结束后,便只能听到"嘎嗒嘎嗒"有规律的振动声了。

"电话号码的后四位,这个想法怎么样?"噪声略消,能听到说话声后,河合立刻开口道。显然他是要妨碍理回答若村的提问。想来他已认定，突然把死前留言的事告诉一无所知的若村会招来麻烦。为阻止理说出不利于她的话，他采取了这样的策略。

"嗯，这个我想过。"理好像没有察觉河合的意图，正常地回答道。

"不光是宅电，还有公司的电话，老家的电话等，你觉得呢？"

"这些我也考虑过，但我总觉得吉崎先生不可能记得那么完整。"

"如果是这样的话，多根井君，车牌号码就更不可能了吧？谁能记得住别人牌照上的号码啊。"

理像是被戳中了痛脚，咬着下唇没有回答。

"既然是以吉崎先生能记住为前提，那么会不会是住址呢？"为了不让话题回到若村身上，关谷也提出了新的可能。

"住址？"

"对啊。比如7丁目4番地75号之类的，不正好就是那四个数字吗？"

理摇头道："我拿到的会员信息一览表里没有这样的住址。虽然我不知道你们的工作单位和老家的地址，但如果是这些地址，吉崎先生应该记不住吧？"

"我们这是在来回兜圈子啊。"河合来了这么一句。

"日本银行卡的密码也是四位数啊，多根井君。"

理严厉地瞪向这边:"学姐把银行卡的密码告诉吉崎先生了?"

"开玩笑的啦。一直思考什么样的四位数能锁定一个人,就想到有一个特别合适的……"

"那会员编号怎么样?"关谷再次给出意见。

"但RRMC的会员编号是质数的平方根,取六位不是吗?"

"可能吉崎先生是想取出六张牌的。只是做到一半就筋疲力尽了。"

理扭了扭脖子,说道:"我不这么想。应该就是拿满四张就够了。从上野小姐的确认方式来看,我也认为数字是四个,有四位数就足够了。"

"那就是协会其他会员的编号,或员工编号什么的……"

"结果又回到了原点,吉崎先生能把这些编号也记住?我们无法打消这个疑问。"

河合"啪"地一拍手,提议道:"出生年月日怎么样?把生日说给别人听并不奇怪,而且如果是特别之人的生日,吉崎先生也可能记得住。"

"这个怎么跟四位数配啊?会员里哪有一九七四年七月五日出生的人啊?"

"没有规定说数字的顺序就是手里握着的顺序吧?有可能是4775,也有可能是5747。"

理略微低下头,像是在沉思。

"那么变一下顺序的话，就有人能对上了吗？"

"警方好像也是这么想的呢。"河合一脸严肃地说，"他们问了各种数字，据说为了调查生日还翻阅了住民票。现在还没有人被警方传唤，这么看来，想必是没人能对上。"

理叹了口气，说道："好奇怪。明明是很单纯的死前留言，以至于上野小姐当场就明白了，可我们左思右想还是不明白。现在这种情况，基本只能认为大家掌握的信息有差异。"

"那个……不好意思。"一直没吭声的若村终于插嘴道。准确地说，并非若村沉默不语，而是关谷和河合你一言我一语，不让她有开口的机会。

"刚才我就在问，死前留言到底是怎么回事？让我也来思考思考吧。"

理面露温和的笑容，对没有回答若村的问题表示歉意。

"简单来说，就是吉崎先生留下了指向罪犯的线索。临死时他手握四张纸牌，指出了罪犯的名字。"

"用四张纸牌指出罪犯的名字？"

"嗯。"

"吉崎先生做了这样的事？"

"是的。然后这四张纸牌分别是红桃7、黑桃4、梅花7、方块5。也就是说，只取数字的话，就是7475。"

"什么？"若村惊叫一声后，再也说不出话来。那张脸就像做了一场噩梦，目光游移不定。嘴张得大大的，保持着说出最后一个字时的形状。震惊的同时,她又显得极度无措。

"是不是有什么头绪了?"

即使理这么问,若村也不回答。与其说不回答,倒不如说无法回答更为准确。也许理的声音都没能传到她的耳中。她的感官无疑已停止接受外来的刺激。

"应该快到了。"关谷语气严峻地说道,仿佛是要阻拦理的问话。凭借铺陈于窗外的街市灯光,应该能看出列车正在缓缓降速。

不久,车内响起了通知到站的广播,窗外已是车站的月台。列车停止,众人起身走向门口。伴随着气流发出的噗咻声,车门开了。温湿的风缠上了已习惯冷气的皮肤。

若村的表情从震惊和无措转为困惑。最初的冲击已经过去,现在她似乎陷入了沉思。无论是出站还是骑自行车,全然不见以往的快活劲。若村一次也不曾开口说话,直到抵达关谷家。

*

褐色的外墙,雅致的公寓。建成后没过多久,多半连三年都不到。这幢七层建筑是所谓的木屐公寓[1],一楼驻有超市。可

---

[1] 原文是"下駄履きマンション",意指一到二楼用作商店、办公室、停车场,二楼或三楼以上用作住宅的公寓。此类公寓的一楼往往只有柱子和墙壁,状似木屐的屐齿,而商店、办公室、停车场就在这些"屐齿"之间,故而得名。

能是快打烊了，卷帘门已被拉下一半，店员正在入口处紧张工作。邋里邋遢的主妇只带着钱包，像是冲刺一般穿过那门。不许进店的狗被拴在路旁的行道树上，一边等待主人一边发出凄凉的吠声。

可以看到部分阳台上晾着忘收的衣物，每一扇窗均无灯光透出，可见居住者还没回家。要么是独居者，要么是双职工夫妇。其他屋子则亮着灯，甚至觉得还有晚餐的香气飘来。薄暮笼罩着街区，夏日的天空从红色渐变为紫色。

铺满赤褐色石砖的小道，从点缀着小型盆栽的空间穿过。水泥筑起门的形状，其右侧摆放着写有公寓名字的艺术装饰品。在下方光源的映照下，杜鹃的绿色中浮现出"光明之庭"这几个字。这是近年来常见的命名方式，看着时髦，却完全不解其意。跨上两级矮阶，内田警部补斜眼望着其后的内楼梯，走进了花岗岩建造的门厅。

公寓配备最新的自动门禁系统。摇了摇门，果然是锁着的。

内田警部补无奈地弯下身子，通过设置在侧旁的小窗向里面的人搭话。特地把窗开在较低的位置，似乎是为了不让管理员直接看到来者的脸。

"你好。"内田警部补大声呼道。管理员仍然背对着他，从雪白的发色可知此人年事已高。烫着头发则说明这多半是一位老婆婆。一条长长的黑线从白发之间穿过，看来是在听随身听。之所以没有回头，原因就在于此，既不是因为耳背，也不是因为玻璃太厚。

"你好，我是警察。"

敲打几次玻璃后，管理员像是终于听到了似的，摘下黑色的耳机。她的脸使人联想起贴在小学音乐教室里的古典乐作曲家的画像。圆脸上戴着圆溜溜的眼镜，看上去就像披着巴赫或海顿戴过的假发。

"您是哪位？"

"我叫内田，来自警视厅。"内田警部补一边展示黑色皮革下的证件，一边报上自己的名字。管理员打开小窗，细细打量那证件。

"能不能帮我开一下这里的门？有几位同事应该已经到了。"

为调查死前留言，他辗转去了几个政府部门，所以来得比其他人迟。人在本部的大槻警部肯定已经到了，至少辖区警署的警察应该还在现场。

"要去谁的房间？"管理人没有轻易开门，脸上的表情像是在说"保护居民的隐私是我的职责"。

"河合康幸。"

管理员好似把圆脸埋入身体一般点着头，指着安装在门旁的对讲机说道："河合先生的话，是四一一室。请你用那边的对讲机呼他。"

"不能请你帮我开门吗？"

"这个得由房间里的人决定。我不能擅自开门。"

内田警部补停止了交涉，心想如今真是世风日下。这也是因为一直弯着的腰酸痛起来了。

管理员一伸手，关上玻璃小窗，随后把耳机塞入两边的耳中，回归了自己的世界。

输入三个数字，摁下写有"呼"字的键。最常听到的叮咚声数次响起。没多久，对面有人拿起了听筒，里面传出一个女人的声音。想来是河合的妻子。

"哪位？"

"我是警视厅的内田。"

"请进。"

没有听这边做任何解释，也没有丝毫怀疑。毫无疑问，现在河合的妻子根本没有这个心思。

也许是金属转动的声音，伴随着一个响亮而刺耳的声音，锁自动开了。内田警部补打开门，急匆匆地走进去。如他所想的那样，几秒钟后，伴随着同样的声音门又自动锁上了。门被关死，再也动弹不得。

摁下按钮，等待电梯。狭窄的电梯厅沾染了香烟的味道。厅内摆放着赏叶植物，装修平易近人，但背后却有监控摄像头，时刻监控着电梯入口。指示灯是暗着的，看来现在没有启动。但到了深夜管理员下班后，它就会映出在此间出入的人了。监视屏幕肯定是在管理员的屋子里。

乘坐电梯去往四楼。这个没有空调的狭窄密室异常闷热，充满了讨厌的气味。

公寓拥有中庭。走廊面向中庭，房门全部面对建筑的内侧，这是为了让人免于风吹雨打。走廊互相连通形成回廊，从任何地方都能窥见位于二楼屋顶的中庭里栽种的花草。北侧的房间不带阳台，太平梯就设置在这一区域。正要前往的四一一室是朝西的房间。

"警部补，辛苦了。"

按了按门铃，来开门的是野崎刑警。他的脸色前所未有的奇妙。屋里散发出呛人的血腥气。尸体的状况怕是经验尚浅的野崎刑警还无法习惯的。

前半日内田警部补和野崎刑警共同行动，上午讯问若村时也在一起。到了四点，结束对所有人的讯问后，内田警部补决定单独去调查。毕竟只是去几处政府部门转转。野崎刑警则兼为报告工作情况，回到了本部。

"这次是河合啊。"内田警部补小声嘀咕道，以避免被河合的妻子听到。

"你姑且看一下。尸体惨不忍睹。"

这套2LDK[1]的住宅，格局极为普通。一进玄关，便是十三

---

[1] 日本的房型用语。L（Living Room）指客厅，D（Dining Room）指饭厅，K（Kitchen）指厨房。前面的数字表示除去客厅、饭厅、厨房后的房间数。所以，这里的2表示除客厅、饭厅、厨房外，另有两个房间。

平方米大的客厅兼饭厅及厨房。右侧格子门里的应该是盥洗室、浴室和卫生间。前方的右侧大概有一间卧室,门只打开了少许。而左侧的房间估计是被用作起居室了,里面聚集了大量警员。

"警部。"一见到大槻警部,内田警部补便立刻打了声招呼。

"啊啊,内田先生,来得很早啊。辛苦了。"大槻警部虽然声音明朗,但表情里透出了难以掩饰的严峻,似乎是觉得自己对第三名被害者的出现负有责任。

"听说死状很惨。"

"嗯。总之你先看一下,因为我想马上开始讯问。"

内田警部补点点头,向起居室走去。大槻警部也跟在他身后。

进门的一刹那,眼前便化为一片赤红。白色的内墙和灰色的地毯被血涂上了一层红色。

想来被害者做过激烈的抵抗,其本人也是浑身浴血,还将血洒得到处都是。死者的脸痛苦地扭曲着,沾满血污的手伸向虚空。尸身上可以看到好几处伤口,似乎是每挣扎一次就被刺了一刀。不光是胸腹部,胳膊和后背也有刺伤。被视为凶器的冰锥鲜血淋漓,滚落在尸体旁。

"真的很惨啊。光是这气味就叫人作呕。"

充盈满室的血腥气因炎热的天气,浓烈得令人感到恶心。

内田警部补从西装内口袋取出方格花纹的手帕，也不打开便拿它来捂住鼻子。他久违地感受着胸中的厌恶，观察起散落在尸体周围的东西。

"散落的好像是魔术道具，果然还是可以视作是同一凶手所为吧？"

面对内田警部补的确认，大槻警部点头表示赞同。

"我确实是这么想的。毕竟是同一个俱乐部的人死了三个。"

"是在表演魔术的过程中被杀的吗？"

"嗯。从血溅在道具上的情况来看，感觉是。变魔术时好像常常需要往后看，或是闭上眼睛，对罪犯来说比较容易捕捉时机吧。"

"确实。"内田警部补附和一声，向那摊血走近一步。随后，他继续用手帕捂着鼻子，在其侧旁蹲下身子，以细细观察尸体。

"对了，警部，望月先生怎么说？"

"他说死因是刺伤导致的出血过多，胸部或腹部的伤都有可能是致命伤。死亡推定时间是下午两点到四点。凶器是那把冰锥，不会有错。"

一条毛巾掉落在锋利的冰锥旁，估计是用来隐藏凶器的。罪犯多半是拿它裹住了刀柄部分，以免留下指纹。毛巾也被血浸透了。

"凶手身上也沾了不少溅回的血吧。"

血水滴落留下的痕迹，从起居室的那摊血淡淡地延伸至浴室方向。这一点没有逃过内田警部补的眼睛。一定是浑身浴血的罪犯去浴室做过冲洗。

"浴室里有没有发现什么？"

"没有。罪犯好像极为细致地清洗过痕迹。但凡掉落一根头发，都能成为有力的线索，然而全都被清理得干干净净。"

内田警部补咂了咂舌。

"是夫人发现的吗？"

"是的。"大槻警部点头道，"被害者在百货商店工作，据说星期三休息。两个人都有工作，案子发生在夫人外出上班的时候。夫人和往常一样六点回家，看到这情况什么也顾不得，立刻就报了警。"

"现在在隔壁的房间？"

"嗯。已经平静了许多，不过现在我们让夫人在卧室休息。因为发现时的大致情况都已经问过了。"

内田警部补将视线挪离尸体，叹了口气，站起身来。他的胃里堵了个疙瘩，感觉就像晕船了似的。

"我们把魔术俱乐部的成员也请到隔壁房间来了。据说到今天早晨为止他们还一直和被害者在一起。不在场证明什么的，据说辖区警署的人已经问过了……好了，我们这就去对面的房间吧。"

大槻警部先行一步，进了卧室。内田警部补忍着胸中的烦恶，跟在他身后。

屋里空落落的，只摆着床和衣橱。面积应该和隔壁的起居室一样或更小一些，但因为家具少，看起来更宽敞。或许是因为墙是白色的，灯光经反射后更添了一份亮度。空调使屋内始终维持着舒适的温度。

河合的妻子头发散乱，坐在双人床的一头。体态均匀得如模特一般，由肩及腰的曲线细得仿佛一掐即断。眼睛下面一片通红，多半是哭肿的。如今她像是丢了魂似的温顺地坐在那里。关谷陪在她身边，看样子是在商量葬礼事宜。

屋子里聚着三人。若村站在通往阳台的落地窗附近，身边是比她矮了半个头的叶子。叶子在俯瞰夜幕还未完全降临的窗外世界。理则显得浑身不得劲，一副心神不宁的样子。他的目光一直在河合的妻子与衣橱之间来回转悠，似乎不知道该看哪里。

"我是警视厅的大槻。"

大槻警部关上卧室的门，先向河合的妻子低头行礼，随后郑重地表达了哀悼之意。接着，他解释说现在必须开始讯问，希望各位能协助警方破案，并再次深深地鞠了一躬。

河合的妻子已平静下来，能够平常地与人交谈。她报上了自己的名字——郁子。看她从低处抬起头时的脸，若不是刚刚哭过，应该是一个漂亮的女人。颧骨虽有点过于突出，但贯穿着某种透明的冷艳。肌肤白而细腻，双眸则使人联想起深水湖的颜色。瓜子脸果然还是与蓝色更般配。然而，或许是对这份冷艳有所自知，且心中不喜，眼影反倒是红色系的。如今这眼影受泪水的洗礼，在眼角化开了。

"好了，夫人。"大槻警部称呼一声后，开始了讯问。他表现得颇为坦率，显出轻松交谈的姿态，但眼中仍含着凝重之色。

"考虑到现场的情况，您丈夫应该是在表演魔术的时候遇害的。因此，可以认为来看魔术的人就是凶手。您是否知道今天有谁来过这里呢？"

郁子依然垂着细长而清秀的眼睛，缓缓地摇了摇头。

"不知道……"

"没问过您丈夫谁会来吗？"

"我什么也没听说。如果是一早就决定的事，我想他会告诉我……"语声虽弱，但内容清晰。大槻警部露出"我已明白"的表情，点了点头。

"请人来家里是常有的事吗？"

"是的。他喜欢把人叫到家里来。"

"总是请什么样的人过来呢？"

"都是些喜欢魔术的人，因为他特别喜欢给别人表演魔术。"

"这么说，这里的关谷先生、若村小姐等人也都来过？"

"是的。不过，我完全不看他的魔术，所以不太了解他在魔术圈内的朋友。"

"不看魔术？"大槻警部显得有些意外，重复着对方的话追问道。

可能是觉得解释这件事对郁子来说负担过重，关谷插话补充道："魔术师的家人就是这样的，会说什么好无聊之类的话。内人也完全不看魔术。"

"喔。"

"魔术是由人来变的。所以，如果很熟悉这个人的情况，就不会再觉得吃惊了。不会被骗到的魔术哪还有乐趣可言啊。"

"原来如此。"大槻警部貌似理解了。随后，为了继续问话他再次看向郁子。郁子的脸色很差。

"那么，您自然也不清楚今天有谁来过，是吧？"

"是的。连猜都猜不出来。"

大槻警部将视线从郁子移向关谷，问道："被害者有没有对你说过什么，关谷先生？"

关谷侧着头回答道："昨天我没听他提过这个事。河合君属于想到什么就去做的类型，我感觉他有时会突然邀请人过来。总之，就是个行动派。"

"听说你们是今天早上分开的，当时有没有发现他样子很奇怪之类的？"

关谷略加思考后回答道："他确实变得有些神经质。毕竟桥本先生和吉崎先生出了那样的事，也很正常吧。昨天的例会大家都一样，不存在只有河合君一人与众不同这回事……"

话音未落，有人敲响了卧室的门。得到允许后，矢野刑警进了房间。可能是一直与沾满血的尸体打交道的缘故，他显得有点气色不佳。矢野刑警反手关上门，另一只手上拿着塑料袋，里面的冰锥闪烁着寒光。

"我想请您确认一下凶器。"大槻警部从矢野刑警手中接过证物，以轻描淡写的动作拿到郁子的面前，"夫人，这冰锥是您家里的东西吗？"

郁子似乎产生了不良的联想，顿时背过脸去。她用手捂着嘴，眉头紧蹙，摇头否定，似已控制不住胸中的烦恶。大槻警部见状立刻掩住凶器，但为时已晚。郁子突然起身，捂着嘴打开门，朝盥洗室的方向奔去。没多久便传来了猛烈的水流声。

大槻警部目送郁子离去后，以平和的语气开口道："考虑到这幢公寓采用了自动门禁系统，罪犯应该是河合先生认识的人。多半是今天早上与关谷先生等人分开后，河合先生与某人相会，并一起进了房间。抑或回家后接到电话，把人请进了家门。无论是哪种情况，我们都不得不认为他与此人关系亲密，亲密到可以请进家门的程度。所以我想问的是，你们知道谁与河合先生有这样亲密的关系？"

关谷面露难色，左手抵着宽广的额头："河合君在百货商店的魔术用品专柜工作，所以我想他和很多顾客都很亲近。虽说魔术的世界很狭小，但发烧友以外的人和我们素无来往。"

若村也赞同关谷的话，并做了补充："而且他是一个交友广泛的人。"

据说河合擅长弄到稀罕的东西，只要开口请求，他大多都能给你买来。因此，他与无关魔术的店家或经销商也交往甚厚。此外，河合极具行动力，曾经还为探寻硬币的由来给美国大使馆打过电话，其交友范围之广，着实有点难以想象。如此看来完全可以认为，只要喜欢魔术，就算不是魔术圈内的人，河合也会把此人请进家门，为其表演魔术。

"总之，这个人很吃得开。"关谷接过话头，"而且为人也不错，或者说是那种谁都能请进门的性格，所以就算交情浅也会往家里拉吧。这么一想的话，就算你要我列举名字，我也没法一下子……"

大槻警部一边点头一边指着理问道："比如说，这里的多根井君……我感觉他们认识才一周，就连多根井君也会被他请进家门吗？"

"吉崎先生和我都曾请过多根井君，河合君的话，应该是没有任何问题的。"关谷的脸颊微微松弛下来。

"是这样啊。"和着叹息声说完这句话后，大槻警部一时之间不再开口。他紧闭双唇，摆出一副严肃的表情，将双手抱于胸前，眼睛一眨不眨，凝视着平坦的白墙。

屋里安静下来后才发现，理正小声嘀咕着什么。起初以为他是在和身边的叶子交谈，但事实并非如此。看来是有自言自语症。他并没有向谁搭话，而像是在对自己说话。只是，这嘀咕感觉又和所谓的喃喃自语不同。这是一种独白。理在独自进行确认工作,就像小孩子为加深理解,靠发出声音来一一领会句子的含义一样。

"这起案子应该和桥本先生及吉崎先生的案子有关联。犯罪手法虽然不同,但三个人是同一俱乐部的成员,遇害时与魔术有所牵扯。由是观之,我认为很可能凶手是同一个人。因此,我想结合过去的案子询问……"

大槻警部再次开口时,郁子回来了。她面颊泛红,脸色比刚才好了很多,双手则颤颤巍巍地捧着盛有茶杯的托盘。大槻警部正想着她怎么去了那么久,看来是在泡茶。

"夫人,您不用那么客气。"

关谷慌忙起身,去接那四方形的托盘。郁子摇摇头,亲自将茶杯一一递到各人的手中。

"哪里。我觉得还是做点事比较好。这样能够舒缓心情吧……"

杯中是冰凉的乌龙茶。虽然屋里开着空调,温度宜人,但还是想润一润喉咙。

大槻警部也低头致谢,接过了茶杯。只有矢野刑警推辞了。他有一个小小的怪癖,能喝酒但受不了乌龙茶。

"咱也是,明明酒没问题,却不能喝乌龙茶。"关谷说道。

虽说应该不是因为关谷的话,可矢野刑警却拿着凶器冰锥默默地走出了房间。郁子分发完茶杯,回到原先所在的地方坐下。以此为契机,大槻警部重启了讯问。

"如果想成是连环杀人，我首先在意的就是动机问题。凶手为什么一定要杀掉这三个同属一个魔术俱乐部的人呢？"

此前保持沉默的叶子第一次插话道："是指共通的动机吗？"

"是的。桥本先生、吉崎先生，以及河合先生，放之三人而皆准的动机。"大槻警部提高了声量，"河合先生似乎压根儿就没想到自己会被杀，当然吉崎先生也是。正因为如此，他才会把凶手请进家门，为其表演魔术吧。换言之，河合先生做梦也没想到罪犯对自己抱有作案动机。"

"你想说动机就是那么地微妙？"

"是的。不过，我总觉得只有桥本先生意识到了这个动机。据说与信田小姐交谈时，他的眼神一瞬间暗淡了下来。当时他露出那样的表情，不就是因为觉察到了罪犯的动机吗？"

这话听起来含有叶子可能是凶手的意思。然而，叶子脸色如常，只是歪了歪头。

"可是，实在难以想象他和我的对话中竟包含着那么重要的信息。"

"也许是这样。总之，解明动机非常重要。对于这个三人全都适用的动机，你们有没有什么头绪？"大槻警部退让了一步。

此话意外地导致了冷场。这差不多就是在宣布凶手在会员之中。大槻警部为搪塞过去，慢慢地将茶杯送到嘴边。室内安静得都能听到喉咙里发出的咕嘟声。

等了一会儿，依然没有人打算回应。众人直面连环杀人的事实，全都显出一副不知所措的样子。

关谷皱起眉头，紧紧地抿着嘴唇，面露难色。若村垂着眼帘，连头也不抬一下，形如枯萎的花朵。叶子转身背对众人，安静地眺望夜幕下的窗外。理不知何时停止了嘀咕，目不转睛地注视着这边。

"明白了。"大槻警部以清晰的语声说道，随后转向下一个问题，"接下来，我想就吉崎先生的遇害进行提问。那就是吉崎先生为指出凶手而紧紧握在手里的四张牌，也即死前留言。"

内田警部补知道若村突然动了一下。剪成一字形的头发在微微颤抖。若村似乎紧紧地咬着下唇，尽管她始终脸朝下方，从这边其实看不到她的表情。今天早晨上门询问时，她的样子也和现在一般无二。

"关谷先生，你应该知道那死前留言的意思吧？还有若村小姐，你也是。"大槻警部强有力地说道，"如果是连环杀人，那么凶手可能还打算继续作案，甚至可能危及你们的安全。所以，如果你们知道，就请说出来。吉崎先生想告诉我们的凶手是谁？就算是为了不让更多的被害者出现，我们也需要线索。能否请你们协助调查呢？"

关谷显得越发为难，不知所措的神情更深了一层，似乎有些迷茫。他刻意转开视线，将目光落在自己的脚下。看起来又像是害怕万一对上眼就会吐露一切。

另一边的若村样子也跟先前没什么两样。垂下的右手捏着左手，如拥抱自己一般紧紧地圈住身子。原先低着的头微微抬起，但又紧抿着双唇，根本不打算开口。若村像能面一样失去了表情，只是呆呆地站在那里。

"看来你们都不肯说啊。"过了一会儿大槻警部如此低语道，声音里夹杂着苦笑。对众人协助调查表示感谢后，他把茶杯放回托盘，先行一步离开了房间。内田警部补环视所有人后，留下一句话，也走出了房间。这句似乎带有威胁意味的话，在屋内久久地回荡着。

"管理员应该目击到罪犯了。"

内田警部补离开房间，径直坐电梯去往一楼，在电梯前赶上了大槻警部。

大槻警部摁下开锁键，打开自动上锁门，出去后窥了窥右侧的管理员小屋。长着鹰钩鼻，酷似音乐家的老婆婆正透过玻璃小窗望向这边，面露殷勤之色。她的耳中仍塞着黑色耳机，看来还在听随身听。

"我有事想请教您。"

听大槻警部这么一说，管理员微笑着请二人进屋。也许是因为已做过一次自我介绍，接待方式与刚到公寓时大为不同。

屋内简单朴素，除了烧水设备别无他物。暂时保管的邮件占据了相当大的地方。屋里有三个人就显得满满当当了。正如料想的那样,摄像头的显示屏被安装在架子的上方。其下连着一台录像机,还可以录像。

在大槻警部的请求下,圆脸白发的管理员对建筑的构造做了一通说明,随后谈到了公寓的出入口。她叙述流畅,片假名的词汇也说得很溜,给人一种与年纪不符的摩登感。

"这里只有两个出入口,一个是玄关的自动上锁门,另一个是可以从外面直接进去的内楼梯。从二楼开始设有逃生梯,以备在电梯发生故障的时候能从楼梯上去。如你们所知,要么是知道门禁密码,要么是请住户在里面解锁,否则无法进去。内楼梯的门可以拿房间钥匙打开,其实还是只有公寓的住户能用。打开后会自动关闭,所以门不会就那么一直开着。"

内田警部补语速飞快地问道:"非住户出去的时候是什么情况?和我们下来是一个方法吗?"

管理员慢悠悠地点头道:"是的。除非有钥匙,否则无法使用内楼梯,所以除了坐电梯下来、通过自动上锁的玄关,没有别的办法。玄关内侧有开锁按钮,可以在那里开锁出去。"

"也就是说,外人不管是进是出,都必须从这里通过?"内田警部补兴奋地问道。

"没错。我已经养成一听到自动锁开启的声音就抬头的习惯,所以不会看漏从我面前走过的人。你看,刚才我不就跟你对上眼了吗?"

"也就是说,你应该目击到罪犯了?"

内田警部补难抑兴奋之情,管理员的嘴角则泛起微笑,像是在躲避什么。

"是的。不过,因为窗子开得低,除非对方蹲下来,否则我没法看到脸。"

"一直是不看脸的吗?"

"把窗子装得那么低,就是为了不让人看到脸啦。腹部以下还能看到,上面的就看不到了。"

"那摄像头呢?没拍下罪犯吗?"内田警部补不肯放弃。

"这个不成,因为没启动。摄像头是夜间专用的,也就是在我下班的时候。白天是不开的。"

内田警部补没了精神。但大槻警部并未表现出失望的样子,继续问道:"那好,只看到衣服也够了。你看没看到有人浑身是血地走出来?"

"没看到。要是有模样那么显眼的人打我面前过,我不可能不知道。大家看上去装束都很普通呢。"

"靠衣服和走路姿势能知道走过去的人是谁吗?"

管理员用手按着圆眼镜,大摇其头:"这怎么可能。发个声、说句话的话,没准儿还能知道。"

"您知道河合先生是什么时候回来的吗?是一个人,还是有同伴的?"

管理员歪着脑袋,含含糊糊地答道:"这个就有点说不清了……我也记不住所有在这里住的人啊。"

大槻警部就此终止了讯问。他道了声谢，低头行了一礼，走出了管理员小屋。

内田警部补想回到楼上，发现自动上锁的门果然关着。推了推，纹丝不动。那是自然。但他只觉得这道门是一堵遮掩了罪犯身影的墙。

第四章

华丽地犯错

"关谷先生怎么这么晚还没来？"

咱第一个说出了这句话，以极为轻松的语气。很平常的一句话，当一个人迟迟没在约定地点现身时，谁都会来这么一句吧。

将天空染为红色的太阳几乎已沉落在街区的另一侧。艳丽的晚霞，橙色的柔光，灼眼的夕照。在昨日久违的雨水洗礼下，即将入夜的街区呈现出另一派风光。二楼屋顶的瓦片反射着落日的余晖，其轮廓融入了一片红色的海洋。

或许是在海边的缘故，时有凉风袭来，使咱不敢相信如今正值酷暑时节。风潮湿而沉重。也许是快要下雨了。远处，黑色的积雨云越过影影绰绰的高楼，密密麻麻地涌起。将引发骤雨的云给人一种立体感，接续着火烧云，向仍保有蓝色的天空铺陈开去。

八月十一日，星期六。这一天有丹尼尔·埃文斯的讲座。地点在梦幻国度附近的厚川纪念会馆。会馆被冠以对日本魔术界有卓著功勋的厚川氏之名，经常举办展会或讲座。讲座从下午六点半开始，一直以来都是如此。一万日元的会费比往常的要贵一些，但考虑到讲师的级别，尚属妥当。

提议在茅场町站集合的人是关谷自己。咱和理不知道厚川纪念会馆的位置，所以现在大家都在地面的地铁出口处集合。关谷以外的人都按时赶到了。如今已快到六点半。由于当老师的缘故，关谷并非不守时的人，此前应该没有迟到的先例。

"关谷先生应该不会错过丹尼尔·埃文斯的讲座啊。"到了六点半，中川扭着粗壮的脖子说道。声音中带着疑惑，似乎有某种不安在她心里徐徐冒头。

"要么我们先去？关谷先生知道地点，就算来迟了也没关系吧。"咱则以轻松的语气提议道。

"大概是突然有急事吧。比如学校里有事脱不开身。"坐在护栏上的若村站起身来。

"肯定是的，我们走吧。"理也同意她的猜测。

尽管心里有些牵挂，可咱还是被他们三个拉着一起向会馆走去了。一行人走得缓慢，仿佛是在等迟到的关谷赶上来。今天没穿和服的向井每前进一小段就回头看看。风中摇曳的长发承受着夕阳的映照，透过光线闪耀出褐色的光芒。

"也没准儿是忘了碰头的事，已经先去了。"上野边走边一反常态地说着俏皮话。

"有可能,比如热昏了头。"中川勉强配合她戏谑,发出一阵笑声。然而,咱和其他人都没笑,也没搭茬儿。或许是对这不同寻常的沉默感到别扭,中川演起了独角戏:"肯定是在会场。毕竟他从五月开始就一个劲儿地吵吵丹尼尔·埃文斯要来了。丹尼尔好厉害之类的话都不知道听过几回了。还有什么没有哪个魔术师能像他一样,一边接二连三地讲那么多笑话,一边完成超高难度的表演——这种话听得我耳朵都起茧子了。就这样,关谷先生怎么可能错过这次的讲座啊。"

用幽默来包装华丽的技巧,这就是超一流的近景魔术大师丹尼尔·埃文斯的拿手好戏。完美的技艺和经过反复推敲的进程,以及优秀得令人嫉妒的表演,他的魔术无限接近关谷想要达到的形态。如今,这位世界顶级魔术师来到了日本。关谷曾热烈地反复表示,唯有这个讲座他无论如何都一定会去参加。

"要么是忘了和我们的约定,要么就是搞错了集合地点啦。"

听着中川自言自语似的咕哝,理悄声插了一句:"真是这样吗?"

"肯定的呀。"中川看向理。

"我很难想象。"

"为什么?"

"关谷先生应该会坐地铁过来吧?"

"多半是的。"

"所以,他一定会经过我们集合的那个地方。"

"啊……"

"然后,若村小姐又是很早就到了那里。"

中川无言以对。

"关谷先生打我们面前过去,我们不可能没注意到吧。"冷静的分析。理的语气听来有些冷酷。

中川沉默无语,心中的不安似乎正在一点点地膨胀。

厚川纪念会馆离茅场町站不远。由于需要从马路往里走一段距离,所以占地虽大却不太好找。外观也不怎么醒目,感觉像是由泛黄的砖块堆砌而成的,看起来又旧又脏。虽说不同于其他杂居公寓,但也不觉得有多雅致。

进入会馆,只见告示牌上用白色粉笔冰冷地写着一行字:

丹尼尔·埃文斯,讲座。六点半开场。地点:鹤之间。

看来讲座不在会议室,而是在和室[1]进行。可能是人数太多的缘故。

现在当然已经过了六点半。与其等电梯,不如走楼梯来得快。咱明明是慢步走到这里来的,但真的到了现场,却又一刻也不想错过讲座了。快步登上铺着胭脂色地毯的楼梯,然而,穿着紧身迷你裙又没法一步跨两三层地往上跑,于是就被其他人所超越,抵达房间只比中川早了一点点。

---

1 日本传统风格的居室,一般在地面铺有榻榻米。——编者注

身后的入口前设有接待处，每个人都得在那里签名登记。这是为了把讲座的内容介绍和新产品的目录发给大家。咱排队时往里看了一眼，屋内已是人山人海，各种年龄段的人混杂一处。讲座还在准备之中，并没有按时开场。

付完会费，领取教材。如此安排似乎是为了让学员当场就能反复练习受教的内容。装教材的袋子里有上了色的橡皮筋和大型别针。这些道具怕是和今天的讲座有关。咱抬头一看，只见率先进屋的若村把整个袋子都递给了上野。与咱的尖端恐惧症类似，若村害怕橡皮筋。在很久以前的一次例会上听她说过，她无法忘记小时候的经历，可以的话，她绝对不想把这种东西放在身边。

咱脱下鞋，一边走上榻榻米，一边摘下没有度数的墨镜。发现站在最后面的理并靠上前去的时候，就见他身边的若村频频张望前方。多半是在找关谷。

若村保持着踮脚、挺直腰杆的姿势，抬头看向咱，低声说道："果然没来啊。"

坐着的人群里没有关谷的身影。最后进来的中川面露忧色。看来她内心的不安进一步扩大了。

"应该是有事要晚来一会儿。除了等还能怎么样。"咱回应道。

咱就和大家自然而然地聚集到一处，在最后面的位子上坐下。这时，前方的小型讲坛上出现了一个手握麦克风的男人，像是讲座的司仪。他身穿白色燕尾服，佩戴黑色的蝴蝶结，左胸前别着一朵丝绸制作的红玫瑰。吵吵嚷嚷的会场因他的登场突然安静下来。

"让各位久等了。我想现在就请丹尼尔·埃文斯先生开始讲座。"

他嘴里说着场面话，语气却轻佻滑稽，观众似乎很吃这一套，全场哄堂大笑。坐在前一排的秃顶老头捧腹大笑，不知道的还以为是什么病发作了。涂着厚厚一层口红的大妈，把存在感十足的嘴张到了极限。但是，只有身旁的中川坐立不安，无论司仪说什么她都绷着一张脸。

不久，埃文斯和翻译一起现身。从远处看，其体形和日本人差不了多少。身高最多一米八，虽然体格健壮，但因为脸窄，整体看起来比较苗条。他的手，尤其是指尖十分漂亮，适合精细的魔术。手臂也不是那种长满毛的粗胳膊，而是像女子一样优雅，适合表演近景魔术。

授课前的魔术秀开始了。大概是埃文斯想让观众先一步了解讲座的内容。

首先是硬币魔术。不知从哪里出现的硬币，被施加魔法后突然消失了。埃文斯的手心里手背上皆不见踪影，可他右手打过响指后，硬币又一下子出现了。眼见着那硬币被交于右手，不料右手已空无一物，刚想着莫非是在左手里，却也不是，完全猜不出硬币会在哪里，着实精彩。最后，表演者向拳头吹了口气，双手同时张开,让观众检视,魔术就此结束。硬币彻底消失了。

接下来的道具是橡皮筋。这个魔术从远处很难看清,内容之有趣,以至于剃着光头的大叔探出了身子,引得周围的人纷纷皱眉。套在埃文斯双手手指上的橡皮筋,一根接一根地从这个手指跳到另一个手指。表演者的动作并无任何特异之处,橡皮筋如流水一般转移到了下面的手指。完全想不出是怎么做到的。咱看了看身边,若村正用手捂着眼睛。

埃文斯进入回形针魔术的环节时,中川显出思虑过度的样子,说要去打个电话。她好像完全没有关注魔术表演,只说无论如何也想给关谷打个电话。即使咱拿中途离场很失礼之类的话劝说,她也听不进去。中川艰难地从人群里挤出去,晃着酒桶似的身子,离开了房间。

不久,表演结束,讲座开始了。现场的气氛也为之一变。观众们从连续不断的紧张和兴奋中解脱出来,会场稍稍嘈杂起来。装教材的袋子被打开的声音纷纷响起。窃窃私语声从各处传入耳中,大概是在发表对魔术秀的感想。

"话说,今后RRMC会变成什么样啊?"咱小声向若村搭话。

"什么叫'会变成什么样'?"

"你看,桥本先生和吉崎先生都不在了,河合先生也没了。"

若村摇头:"关谷先生不是还在吗?"

"嗯,可是……"

"可是什么?"

见对方态度冷淡，咱只好沉默了。

前方的讲坛上，埃文斯取出橡皮筋，开始授课。负责口译的魔术发烧友是个学生，时不时地碰到不理解的词。埃文斯重复了多次，他仍是面露含糊的笑容打马虎眼。不过，没有人对此抱怨。因为魔术一看就懂。

"河合先生遇害的那天，警察来过。"咱再次开口道。

"哦。"

"正好就在河合先生被杀的时段，所以个人有完美的不在场证明。不过，警察问了许多关于数字的事。"

"然后呢？"

"然后就告诉他们，那个死前留言应该是指若村小姐吧。"

若村再次摇头，看起来是想表示不愿再继续这个话题。讲坛上在解说橡皮筋魔术，她转脸避开，给咱留了一个后脑勺。

"能不能安静一点啊。"一个上班族模样的男人转头朝向这边，抱怨道。此人戴着薄片眼镜，面颊瘦削，一副知识分子的模样。他带着装有文件的大包，大概是下班后直接过来的。

"你们这样对老师尊重吗？"

咱微微鞠了一躬表示歉意，暂时闭上了嘴。

到了休憩时间，去打电话的中川终于回来了。她可能是一路跑回来的，肥胖的身子一起一伏，嘴里喘着粗气。下半部分较宽的圆脸涨得通红。因一贯以来的易紧张体质，想开口舌头却像打了结似的，怎么也无法顺畅地说出来。在旁边看着都觉得她可怜。

"关谷先生在家吗？"见中川说不出话，向井实在看不下去，先开口问道。薄薄的针织衬衫，配上及膝的裙裤，修长的体态在洋装下得到了进一步衬托，与穿和服的时候不同，此刻的向井显得活泼可爱。

"没、没……"中川把头摇得像拨浪鼓似的。与此同时，脸颊上的肉也在左右晃动。尽管表达出了否定的意思，但她还是无法把话说清楚。

"如果是有急事的话，当然不可能在家。"理始终保持着冷静。

若村也点头表示赞同："可不是吗。假如事情办完了，他应该会直接过来。"

"可、可是……"

"是出什么事了吗？"咱问道。

中川只是摇头："没、没有。"

"那就没问题了。他很快就会到这里来吧。"

也许是忧虑过度，无论咱怎么安慰，中川也无法接受。她凝视着若村的脸，似乎有话想说。由于心情一直处于紧张状态，中川的目光看起来都有些呆滞了。

"我们在这里操心也无济于事。"理平静地说道，"而且也不能现在就杀到关谷先生的家里去啊。姑且先等着，人没来的话明天再打电话找他如何？"

"要不明天去关谷那儿跑一趟也行。你说是吧，信田小姐？"若村也同意。

"嗯。"

"现在就坐车去关谷先生家也是可以的。"

"可是……关谷先生真的不会有问题吗？"上野一不留神，直接道出了中川的不安。

"笨蛋，肯定不会有问题啊。"若村放低声量，责备道。

"真的吗？"中川咽了口唾沫，问道。她终于能好好说话了。

"那还用问？"

"绫子知道他不会有问题？"

"这个谁能知道啊。但是死了三个人后，如果连关谷先生也死了，那还了得？"

"可是，这个谁能说得准啊。"

"当然说得准。肯定是因为有什么要事。"

"这事重要得能让他撂下丹尼尔的讲座？"

"比如学校里的事……"

"现在可是暑假。"

"如果是紧急的事……"

"比如说？"

"学生失踪了。"

"在高中校园失踪？"

"这种事也是有的吧？"

中川歪下脑袋，唯有视线不离若村的眼睛，像是故意不说话。

"你到底想说什么？"若村爆发了。

就在这一瞬间，整个会场不知为何静谧下来。诡异的宁静。无人说话，所有的视线都汇聚于一点。沉默进一步推高了二人之间的紧张感。

一瞬间的寂静过后，会场立刻被原有的嘈杂所包围，恢复了热闹。中川放低声音嘀咕了一句，轻得几乎要被那喧嚣所淹没。这低语声仿佛浓缩了此前的所有不安。

"难道凶手不是绫子吗？"

闻听此言，若村耸动双肩做了一次呼吸。可以看到，她先是圆睁双目，随后眼睛因愤怒而慢慢眯起，变得十分阴沉。脸像发烧一般，连耳廓都红了。由于咬着牙在克制激烈的情绪，若村没能开口反驳。

"你看，吉崎先生留下的死前留言指的不就是绫子的名字吗？"中川声音清晰地断言道。

"中川女士！"上野怒喝一声。

中川置若罔闻，亢奋地继续说道："所以，凶手不就是绫子你吗？"

附近的观众以奇怪的眼神看着这边，想来是觉察到了异样的氛围，又或许是听到了"凶手"二字。中川的说话声也比一开始大得多。

虽然没有反驳，但若村握着双拳，似乎在抑制内心的激愤。过度紧握的手反倒失去血色，变得苍白了。与之相对，脸则涨成了黑紫色。若村用半是充血的眼眸瞪视着中川的脸。

理赶在冲突爆发前居中调解。所有人里就数他最冷静、最稳重。

"我们出去吧，这话不能在这里说。"

理拍了拍若村的肩。若村的肩头正微微颤抖，眼中不知何时已噙满了泪水。

现在众人已经没有心思继续看讲座。无人表示异议，大家一起走出了鹤之间。在走廊擦肩而过的人，以眼神询问中途离场的原因。为避免这些视线，众人脸朝下方，快步走下了楼梯。一出会场，大家便像冲刺一般跑进了最近的一家咖啡馆。

一行人占住角落里的两张空桌后，麻溜地点了冰咖啡。只有理点的是苹果汁。见状，向井改要了葡萄汁，从她问中川"关谷先生在家吗"以来，这还是她第一次开口说话。女招待对换饮料一事显得很不高兴，理看着她远去后，再次开口道："关谷先生的情况姑且放一边，我们先理一理死前留言的事吧。"

理环视众人，接下了司仪的任务。作为调解员，这是理应尽的职责。而且他也是这群会员里的最佳人选。

"吉崎先生的死前留言真的是指若村小姐吗？"

面对理的问题，若村平静地点了点头。

"是的。事到如今不妨就说说清楚吧。吉崎先生手里攥着的四张牌指向了我的名字。"

问题篇

若村已恢复平常心，可能是来咖啡馆的途中情绪有所消散。虽说多少还有些亢奋，但冷静思考的能力回来了。看样子她已决定说出一切。

"但是，我要把话说在前头，我不是凶手。虽然我不知道他为什么要留下那种信息，但只有这一点是确凿无疑的。"若村声音虽小，语气中却含着斩钉截铁的意味。

听二人对话的中川也冷静了不少。多半是倾吐郁结在心中的疑问和困惑，让她松了口气。她已从极度的紧张中被解脱出来，脸也不再僵硬，自始至终表露出来的忧心忡忡此刻也没了踪影。

"能否解释一下呢？"理低下头问道，"为什么那四张牌会是若村小姐的名字？我无法理解。你能告诉我是怎么个思路吗？"

若村脸上竟露出了一丝微笑："也难怪你不理解。毕竟你不知道吉崎先生的魔术嘛。我想，没看过那魔术的人光靠四张牌就联想到我的名字，确实有点困难。"

理反问道："吉崎先生的魔术？"

"没错。就是姓氏系列。"

"姓氏系列？"

这项魔术展现了 RRMC 特殊的一面。倘若在其他俱乐部，别说被接受了，没准儿还会遭受白眼。其内容是设法在最后一刻给出会员的姓名，相比不可思议的现象，笑料倒是更多一些。吉崎一直致力于这个原创魔术，以至于都快有了魔术上演后才能成为正式会员的会规。

"你应该见过关谷先生的姓氏系列魔术吧，就是那个调调。弄这弄那，不知道在搞些什么，正想着这哪是魔术啊，最后竟然出现了自己的名字，自然会大吃一惊。"

　　这时，众人点的饮料来了。是冰咖啡。若村接过一杯，往里放了糖浆和牛奶。目送女招待走远后，理继续提问："那要怎么解读四张牌，才能变成若村小姐的名字呢？"

　　若村假咳一声，答道："其实很简单。你应该知道吧，四张牌的花色没有意义，那个四位数才是重点。"

　　"嗯。"

　　"所以，把那四个数字读过去，自然就能得出我的名字——若村（日语读作 wakamura）。"

　　理歪了歪头，看来没能马上理解。若村用手蘸了玻璃杯上的水珠，在桌上写字。

　　"比如说，第一个数字是7，写法稍微变一变，就能读成片假名的'ワ'（wa）。"

　　理点了点头。

　　"下一个是4，把它倒个个儿，就成了片假名的'カ'（ka）。接下来是7，让那个小钩稍微出头一点，再倒个个儿，不就能读作片假名的'ム'（mu）了吗？最后一个数字是5，如果把短横写成点状，看上去就像平假名的'ら'（ra）[1]。"

---

[1] 若村的日语片假名写作"ワカムラ"，发音相同，但写法不同的平假名是"わかむら"。

"这个可有点牵强啊。"理皱了皱眉。

"吉崎先生的魔术就是这样的。"若村一脸泰然。

"这就是 RRMC 的世界吗?"

面对理叹息似的语声,若村默默点头。她细心地扯破吸管的包装,把碎纸片丢进烟灰缸,随后认真地抚平包装纸的皱褶,大概是又想制作纸花了。这一系列动作仿佛是下意识的。用取出的吸管搅匀冰块后,若村啜了一口冰冷的液体。

"魔术是什么时候上演的?"

若村显出回忆的模样,答道:"是在一个月前的汇演上,所以应该是六月的第四个星期。"

"看魔术的都有谁?"

"呃……包括吉崎先生在内一共九人。关谷先生、桥本先生、河合先生、中川女士、向井小姐、信田小姐、美由纪,还有我。"

"美由纪是上野小姐对吧?"理确认道。

"是的。"

"怪不得大家一下子就明白了死前留言指向的是谁。"

"没错。但是,我想再说一遍,我不是凶手。不管吉崎先生留下了什么信息,人都不是我杀的。"

若村坚称自己无辜,语气一如既往地咄咄逼人。得知存在死前留言之前的那个快活的若村回来了。也许是说出藏在心中的话让她松了口气吧。她坐在那里,表情称不上无忧无虑,但也算是一脸轻松。

"这么说,绫子不是凶手?"中川牢牢地注视着若村的眼睛,似乎是觉得这么做就能辨别话中的真伪。

若村沉默片刻后,毫不怯懦地回以凝视。与此同时,她强有力地点头道:"没错。"

这简短的回答,令中川今天第一次在脸上绽放出笑容。

"对不起啊,怀疑了你……是我错了……不过,我放心了,这下可真的放心了。不是绫子真是太好了。"

直到这时,理点的苹果汁才终于被端来,连同葡萄汁一起。摆在桌上的两个杯子几乎同色,难以区分。女招待也不说哪个是哪个,放下账单就匆匆离去了。

"学姐,那四张牌除了若村小姐说的这个,似乎想不出别的解释了。"理的声音有点瘆人。

"既然那个数字组合没有指向其他人,那应该就是了。"

"也就是说,吉崎先生留下的信息没有别的意思,而且也不是他搞错了?"

"嗯。"

"既然如此,假如若村小姐并非罪犯,那么这个死前留言就不是真的,而是真凶为陷害若村小姐而伪造的,不是吗?"理对比着两杯饮料,平静地说道。

"伪造的?"

"对。进而,如果死前留言不是真的,那么知道这四张牌可以指向若村小姐的人才是真正的罪犯。"

"也就是说……"

"把7475读成若村的那个牵强的魔术,只有俱乐部的成员才知道吧?换言之,凶手就在RRMC的会员当中。"理如此断言道。说话的同时他选择了其中一杯饮料,不假思索地插入吸管,也不顾会不会弄出声音,一口气喝下了许多。

"你的意思是,RRMC里有人想陷害我?"若村似乎被理的结论乱了心神,眼望虚空低语道。

"恐怕是的。"理肯定道。

然而,他不再触及此事,像是为躲避若村更多的问题而提起了别的话题,试图结束现在的对话。

"不管怎样,明天我们还是联系一下关谷先生吧。学姐,你觉得呢?"

"好啊。去他家看看也好。若村小姐,你以为如何?"

若村神色恍惚,只是机械式地点了点头。

"中川女士,你看这样行吗?"

听到理的话,中川点头表示同意,什么也没说。然而,她并未露出彻底放心的表情,眼中含着新的不安之色。

看准讲座即将结束的时候,众人离开咖啡馆回到会馆。这是为了确认关谷是否稍晚到了会场。若村询问了某个相识多年的发烧友。然而,关谷并未现身。最终关谷缺席了这次的讲座,无人知道原因。

*

这是一个狭长的房间，如走廊一般两侧是连绵的墙壁，尽头处可以看到磨砂玻璃的窗。长方形房间的宽度几乎只有窗那么大。斑驳的天花板也很低，有一种自上而下被挤压的逼仄感。

墙上安装的一溜书架令屋子变得更为狭窄。书架上摆满了各种书籍，从大开本的绘画集到收录大量彩照的图鉴，以及错觉画和视觉游戏类的书，使人想起屋主是一位美术教师。架子上还摆着几件标有姓名的绘画和雕像，大概是暂时保管的学生作品。工作用的大书桌位于窗前，上面散乱地放着铅笔、橡皮、尺、签名笔、胶水、双面胶、贴纸胶水、美工刀、纸胶带等物。

大槻警部一进去，内田警部补便无法往更深的地方走了。屋子狭窄得连人与人擦肩而过都困难……在最里处的书桌前，望月验尸官单膝着地，屈身于尸体上方。尸体面露痛苦的表情，早已没了呼吸。这是关谷喜一郎的尸体，他生前是这个房间的主人。

"是压迫颈部导致的窒息死亡。"望月验尸官指着在颈上绕了数圈的绳子，说道。白色的绳子下，青紫色的索沟触目惊心。只看那圆睁的双目、变得黝黑的脸，也能明白是被勒死的。

"是勒毙啊。"大槻警部表情严肃地低语道。

"是的。脑后有击打伤，但程度很轻，不可能是死因。从失禁这一情况来看，我也认为死因一定是被勒毙。"

大槻警部缓缓抬起习惯性往下耷拉的眼睛，问道："脑后的伤是遇害前形成的吗？"

望月验尸官挪开视线，含混不清地答道："详细情况得在解剖后才能知道……"

"不，能否请你说一下看法，供我参考呢？"

"是这样啊……我认为应该是遇害前形成的。因为出血量意外地大。感觉凶手先击打了被害者的后脑，致其昏迷后，用这根绳子勒死了他。当然，这些只是我的推测。"望月验尸官似乎没能敌住大槻警部的强硬口吻。

大槻警部低下头，说道："多谢。那么，死亡推定时间大致是什么时候？"

"这个嘛，"望月验尸官一边触摸尸体一边回答，"也得等到解剖后才说得清楚，不过大致可以认为死后已过了二十小时到二十四小时。"

大槻警部盯着手表，对内田警部补低语道："这么说来，就是昨天下午一点到五点了。"

内田警部补也把目光落向手表，说道："情况与河合遇害的时候一样呢。白天妻子出门，然后他在自己家里表演魔术的时候被杀；发现人是回家的妻子。不过，这次死者的妻子是趁夏休回家探亲，所以直到今天下午尸体才被发现。"

大槻警部点头道："然后是死因不同。可能是怕再沾到溅回的血，凶手没像上次那样搞刺杀，而是勒毙。"

这时，望月验尸官从旁插嘴道："对不起，打搅你们讨论了,请你们看一下尸体的右手。不像是自然状态,而是有意识地做成了这个样子……"

被害者的右手紧贴着身体,三根手指伸直,两根手指曲起,僵硬地保持着这一状态。伸直的是食指、中指和无名指,拇指和小指弯曲着,这正是表示数字三时的手势。这个手势不像是偶然形成的。除非是有意识地用力,否则做不出此等模样。

内田警部补轻叹一声,说道:"又是死前留言吧。"

"嗯。是数字三吧。"大槻警部皱起眉头,小声回道。

"推理小说迷多根井君怕是会说凶手是三指男[1]吧。"

听了内田警部补的玩笑话,大槻警部轻笑一声,摆手否定道:"不不,我想他不会说这种没逻辑的话。"

"确实……不过说真的,这次我们是不是得调查跟三有关的人了?"

内田警部补再次长叹时,望月验尸官站了起来,似乎已完成整个流程的检查。他向二人点头致意,说详细情况会写在解剖结果书上。由于房间狭窄,他俩不出去,望月验尸官也无法离开。内田警部补以此为契机,决定离开这间屋子。

他与大槻警部一起下到一楼,只见关谷的妻子倚靠在会客厅的沙发上。她看起来气色依然不佳,状态始终没有改善。一

---

[1] 日本推理小说中的角色。横沟正史所著金田一系列小说《本阵杀人事件》中,密室凶杀案现场留有带三指血印的金屏风,案件指向一个三指怪人。——编者注

个初中生模样的男孩一脸担忧地陪在她身边。这孩子非常坚强,听说报警的人也是他。

"看来还不太好问话啊。"内田警部补望着关谷太太,说道。

"这也没办法。我决定先去隔壁人家,据说那家有人目击了罪犯。"说着,大槻警部穿过会客厅,走向玄关。内田警部补跟在他身后。

室外热得令人窒息。立秋已过,本该只剩下残暑,然而所谓的秋只体现在台历上。诚然,与初夏相比感觉云多了,但太阳并未躲在云层背后,阳光毫不留情地几乎以垂直之势照射下来。地面的反射也十分强劲,只是出个门汗水便喷薄而出。

"内田先生,我已经开始学魔术了。"大槻警部一边搭话,一边用手搭着凉棚以避开阳光的直射。

内田警部补没能跟上这唐突的话题,含糊地重复了对方的话:"学魔术?"

"对。我觉得要破这起案子,就必须了解魔术师的心理。"

"原来如此。"内田警部补一边附和,一边在心里纳闷。

"从早上六点开始电视台会放一个叫《魔术、魔术》的节目。所以我决定每天都录下来看看。"

内田警部补苦笑道:"可能是需要有这样的思想觉悟。毕竟那帮人好像跟一般市民很不一样。"

大槻警部微微一笑:"怎么说呢,这个姑且不论,反正我每天看下来,果然是大有收获。以前说到魔术,心里想的就是变出鸽子、用锯子切割美女之类的东西，现在才知道可以拿身边的日常用品变魔术。在节目里还能看到拿绳子变戏法的呢，就是杀害桥本时用作凶器的那种绳子。"

"是吗。"

内田警部补正自犹豫如何再回应几句，这时大槻警部摁响了隔壁人家的门铃。这家的名牌上写着一个"堺"字。大槻警部直接中断了对话，先前显露的微笑已然消失，脸上恢复了沉着的表情。

摁了两次铃后，一个穿着围裙的年轻女子用湿漉漉的手打开了玄关的门。女人脸上带着生活的疲惫，刚才多半是在收拾午饭后的碗筷。印有小羊图案的白色围裙上，沾着少许洗洁精残留下来的泡沫。

"我是警视厅的大槻。"大槻低头行了一礼。

自称千津子的女人请二人进屋，可能是觉得站在外面说话会中暑。确实，哪怕只是几分钟，这酷暑都让人难以忍受。尽管很快就能问完话，但二人还是接受了对方的好意。

"总之，我的自行车被偷了。明明就放在自家的院子里。你敢信？车当然没锁啦，毕竟是放在自己家里的。所以，被偷可不是我的责任。难道不是潜进别人家里偷东西的人不好吗？"

内田警部补刚关上玄关的门，千津子便占住门口，一副"别进我房间"的样子，随后又一口气说个没完，连个让人插话的缝隙也没留。她头发散乱，十分扎眼，这可能是因为她没有梳出门时的发型。争强好胜的双眸透过刘海熠熠生辉，看起来是个厉害角色。人应该还很年轻，但总给人一种憔悴感，相当显老。

"听说您看到了偷走自行车的窃贼，是吗？"大槻警部稳重地询问道。

"是的。不过，我也只是瞥到一眼小偷下坡去的背影。我跟你说啊，我听到院子里有动静，觉得奇怪，就从窗户往外看。当时我还不知道是怎么回事，正要出去瞧瞧的时候，已经响起有人开门的声音。所以，出去的时候小偷已经没影了，从门口走到马路我才看到一个小小的、正在骑自行车的背影。而且还很快就看不见了。"

"那窃贼长什么样子？看没看清外貌啊装束什么的？"

千津子蹙眉思索。

"我只顾着自行车了……但被骑走的肯定是我的自行车。"

"不知道性别吗？是男还是女？"

千津子歪下头，说道："背影小得跟豆粒似的，所以有点说不清楚……不过，这个人确实走得很急。从我透过窗户往外看到后来出门，就没花多长时间，可那人已经顺着坡骑到很下面了。小偷可不是因为发现了我才走得那么急。我是悄悄地从窗户往外看的，而且出门时就已经不见人影了。"

大槻警部仍是一脸严肃，继续问道："那是什么时候的事？"

"这个嘛，当时有部重播的电视剧渐入佳境，所以是四点半过后吧。"

"被偷的自行车是停在哪里的？"

"就在刚出玄关的那个地方。放那里不是最方便吗？"

"也就是说，是在一个从门外看过去也是最容易发现的地方？"

"我说警察先生，你是想说我停放的地方不好？开什么玩笑！在自己家，放哪里都是我的自由吧？这事肯定是偷车的人不对啊。行了，还是请你们快点找到我的自行车吧。那是一辆红色的迷你车，后面也安着一个大筐……"

也许是受不了对方的喋喋不休，大槻警部不再讯问，而且也不觉得能得到更多信息。他心下腻烦，嘴上则随声附和，规规矩矩地听着。足足听了三十分钟的牢骚话，二人才得以出门。

外面依然炎热。内田警部补因耀眼的阳光眯起眼，擦了擦额头的汗。想喝点冰的，打算润润喉。环顾四周，只见隔着几栋建筑有一家小面包房。卖清凉饮料的自动贩卖机映入了他的眼帘。内田警部补问好大槻警部要喝什么，一路小跑来到面包房。

贩卖机上用淡蓝色的字写着"透心凉"之类能引发顾客购买欲望的宣传语。机器前站有一人，他一时之间没能认出是谁。只见她动作有些笨拙地投钱进去，艰难地挑选饮料。咖啡、苹果汁、乌龙茶。内田警部补心里正笑她笨手笨脚的时候，她取出饮料起身的那一下，他看到了她的脸，这才发现原来是叶子。

内田警部补不知该如何上前搭话，默默地向她走近。叶子的对面并排站着理和若村，一辆脏兮兮、淋过雨的自行车紧挨着停在他俩身旁。这三位现在为什么会在这里？内田警部补心生怀疑。难以想象只是单纯的偶然。

"你们好。"内田警部补一边走向三人，一边含糊其词地打招呼。他装作亲切的样子，仔细观察三人各自的反应，同时若无其事地把一百日元硬币投入自动贩卖机，摁下按钮，然后从取物口拿出大吉岭红茶。内田警部补蹲着身子，抬头望向三人的脸。就在这一瞬间，若村手里拿着的罐装咖啡掉在了地上。

"警部补……"这低语声被铝罐击地的声音所掩盖。深褐色的液体泼洒在柏油路上，渐渐蔓延开去。罐子也斜身翻滚，落入了道边挖设的沟渠。然而，若村好像丝毫不以为意，只是睁大了眼睛，露出发呆的表情。

"看来没赶上。"理对叶子低语道。叶子没有回应，只是缓缓点了点头。看那神色，像是悟到了什么。

"连关谷先生也……"

若村喃喃自语。理看了她一眼，一口气喝光了苹果汁。投进垃圾箱的瓶子发出了巨大的响声。

内田警部补背对着贩卖机，与三人相对而立。理垂下眼帘，什么也没说。他倚着自行车的后座，低着头，一时之间不变姿势，仿佛把酷暑都抛之脑后了。唯有忽停忽下的阵雨打破了夏的寂静。

不久后，内田警部补又买了一罐红茶。手里拿着的那罐已经不凉了，于是就找店员帮忙换成了冰的。随后他告知关谷遇害的消息，决定把三人带进关谷家。途中，内田警部补向叶子询问了各种情况。若村垂头丧气地推着自行车。

"原来如此，昨日六点十五分你们约定在茅场町会合。"

"是的。"

"有人迟到了？"

"嗯。只有关谷先生迟到了。所以就像刚才说的那样，大家今天来找他了。"

"是吗……罪犯肯定是因为这样才急着动手了。"正自言自语似的嘀咕着，一行人已经到了关谷家的门口。野崎刑警站在门口，叫众人去后门，语气里含着兴奋。据他所言，大槻警部也在后面的自行车停放处。看来是有了什么新的发现。内田警部补领着三人，迂回到背后的入口。推来的自行车姑且先搁在那里。

小小的后门是为方便推自行车进去而设的。一进门，只见屋子与围墙之间有一条土道，里处便是自行车停放处。土道两侧草木繁茂，还摆着盆栽。因此，从这里无法绕到正门，于是就设了一个灰色门扉的侧门。

"发现脚印了。"站在后门前的喜多刑警向内田警部补耳语道。

土道中央有一大片泥潭，大概是前天降雨的杰作。水已经退了，但也许是因为只有那一处地势较低，如今像黏土一般变得软软塌塌。泥潭撑着土道的两边，甚至延伸到了草木之中，宽度约为一点五米。这个距离若想跳过去倒也不难，但泥潭里残留着碎步向外走去的脚印。而且还有车辙，貌似是自行车压出来的。

"看起来像是骑自行车来的，然后是走着回去的？"内田警部补来到泥潭边，向身旁的小林刑警确认道。

"还要等鉴识科的报告，不过应该是吧。"

"从脚印看，鞋子好像很大啊。"

"大槻警部说可能是被害者的鞋子。只是，那位夫人是那个状态，没法向她确认是不是有鞋子不见了。"

"确实。"内田警部补点点头，"但罪犯为什么不骑自行车回去呢？这可比偷出被害者的鞋子来掩饰自己的脚印要容易啊。"

"大槻警部正在调查这么做的理由。"小林刑警指了指自行车停放处。

"明白了。"

内田警部补经由木板走到泥潭的对面。理似乎观察了一会儿脚印，立刻又追了上来。叶子和若村也一声不吭地跟在后面。

所谓的自行车停放处，不过是在水泥地上支了一个塑料棚，十分简陋。其旁边就是侧门，可以从那里出入。如今停放处里有两辆自行车。

一辆是黑色的运动型车，贴着"关谷隼人"的名字，多半就是给这孩子用的。二十四英寸[1]的车作为越野车偏小，其上装

---

[1] 24英寸是指车轮直径，约合61厘米。一般来说，适合身高在150厘米～170厘米的人使用。——编者注

有可五挡调节的变速器。车把为半深槽式,骨架可能是一种叫"钻石框架"的类型,连接着车把和鞍座,形成了一条闭合的曲线。看起来是新买不久的,却没有上锁。

另一辆锈迹斑斑的老爷车就很普通了,前筐裂了,尾灯也是坏的。鞍座内的黄色海绵也露了出来。车主的名字和车牌号码都已消失,不知道是属于谁的。轮胎和辐条上沾着干泥巴,像是曾经走过泥潭。仔细一瞧,水泥地上残留着淡淡的轮胎印。

关于这辆脏兮兮的自行车,大槻警部正在询问关谷的儿子。看来是孩子在代替精神状态不佳的母亲回答警方的问题。大概只是简单地确认一下,没多久孩子就回屋去了。这孩子有着与年纪不符的坚强。

"啊啊,内田先生,你可来了。"也许是听到了脚步声,大槻警部把头转向这边。内田警部补递上大吉岭红茶,唯有这时大槻警部的表情才有所放松。接过饮料之际,他似乎发现了后面的三人。见到理的时候他睁大了眼睛,险些让已扯掉拉环的红茶泼出来。

"咦,这不是多根井君吗?你们为什么会在这里?"

内田警部补照原样复述了从叶子那里听到的解释。

"原来如此。"大槻警部点头道,"不过,你们来得可能正是时候。毕竟早晚我都得找你们问话。"

内田警部补一边擦汗一边赞同道:"是啊……对了,警部,听说你们找到罪犯的脚印了。"

"是的。刚才我找隼人君确认过了,关谷先生的鞋确实少了一双。好像是一双经常穿去学校的网球鞋。我们准备查出鞋子的制造商和型号,然后和泥潭里的脚印做对比。不过,既然是用这种方法来掩饰自己的脚印,认为是罪犯留下的应该不会有错。"

听到这番话,理一脸惊讶地问道:"难道罪犯就不能避开那泥潭,从玄关经由正门出去吗?"

大槻警部面露难色,但还是郑重地回答道:"这个也问过隼人君,说是罪犯应该开不了玄关的锁吧。因为那里装了一把非常讲究、很有魔术师风范的锁。据说没见过的人根本不知道该怎么打开。而且罪犯多半是骑自行车过来,从侧门进去的,直到回去之前应该都不知道玄关锁的情况。所以罪犯没法开锁,要回去就只有一条路,于是不得不从泥潭上走过。"

理显得有些困惑:"可是,罪犯没想过跳过去吗?最多也就一米半啊。既然有精神跑,自然就有精神跳吧?我觉得这可比偷鞋子轻松多了。"

理说话的期间,内田警部补打开了易拉罐。金属发出了刺耳的声音。他"咕嘟咕嘟"大口喝茶,仿佛是要淹没理的语声。长出一口气后,他问道:"先不说这个,警部,罪犯为什么不骑自行车呢?和来时一样利用自行车的话,就不会留下脚印了吧?这才真的是比偷鞋更简单呢。"

大槻警部连连点头:"没错,我一度也是这么想的。所以才到这里来了。好了,你来看看,罪犯骑过来的自行车应该就是这辆。"

内田警部补看着对方所指的那辆自行车——沾有泥巴的迷你车。需设置四位数密码的链条锁扣住了前轮，焊接而成的铁链被包在强化塑料内，是市面上常见的类型。链条锁的一头被牢牢地拴在支撑顶棚的柱子上。

"据隼人君说，这不是他家的自行车。多半是罪犯从哪个自行车废弃场找来的吧。虽说还需要拿轮胎跟泥潭的辙印比对一下，但我想基本不会有错。况且，水泥地上还有轮胎的痕迹。"

内田警部补眨了眨眼，问道："这是罪犯丢在这里的吗？还特地拿链条拴上？"

"不，这个应该不是。我认为是'被'拴上的。感觉罪犯是打算骑这辆自行车回去的。因为这人似乎还很辛苦地试图解下链条。如果是自己拴上的，应该能轻易解下来吧。"

内田警部补蹲下身子观察链条锁。上面可见各种努力尝试解下链条的痕迹。罪犯好像拖拉过车身，柱子和自行车上都留有划痕。包锁的塑料层歪歪扭扭，数字部分甚至有用石头砸过的痕迹。

"也就是说，是关谷先生拴的？"

听到内田警部补的问题，此前无甚举动的若村蹲下身，开始摆弄锁，貌似知道开锁的方法。她转了几圈塑料层，使中间部分的链条裸露出来。仔细一瞧，那里有一处呈钥匙环状，可以简单地互相脱开。

"这是一种搞笑玩具。"若村冷冷地说,随手把解下的锁递向大槻警部。

"只要够机灵,就能轻易解下来嘛。"大槻警部接过锁,眯起双眼。

"我想是关谷先生搞了个恶作剧。他肯定是想看看那人回去时犯难的样子,才这么做的。"

"然而,罪犯真的犯难了。"大槻警部接过话头,"罪犯不知道这是搞笑玩具,费尽心思也摘不下链条。于是原本打算骑回去的自行车没法用了。不仅如此,玄关的门也打不开,最终陷入了不得不在泥潭里留下脚印的境地。想来当时罪犯一定很慌乱吧。"

内部警部补点头道:"所以才去偷了鞋?"

"恐怕是的。而且罪犯要赶时间,得去参加和大家约好的讲座。一旦迟到,尸体被发现后就很难解释自己迟到的原因。罪犯想快点抵达车站,哪怕早一点点也是好的。就在这时,罪犯看到隔壁家的院子里停着一辆自行车,简直就像是为自己量身定做的。"

"于是就偷了那辆迷你车!"

"对,我想应该就是这么一个过程。"

理听着大槻警部的话,此时突然脸色大变:"隔壁家的自行车被偷了?"

"嗯,是啊。"大槻警部坦然承认道,"当然,并没有断定就是杀害关谷先生的凶手偷的。"

理摇头道:"偷自行车的贼和想要一辆自行车的杀人犯,几乎在同一时刻、同一场所出现,世上不可能有这样的巧合。反正我是不相信的。"

"我们这就去确认隔壁的院子里有没有脚印。如果找到了和泥潭里一样的脚印,就可以断定两者是同一个人了。"

大槻警部叫来矢野刑警,细细指示一番后,令他前往隔壁人家。

这时侧门开了,野崎刑警露出脸来,说是关谷的妻子状态有所恢复,现已能够接受讯问。大槻警部答说马上就去,随后命喜多刑警调查被拴住的那辆自行车来自哪里。野崎刑警的身影消失在了屋内。

大槻警部悠悠地向理、叶子、若村那边看了一眼。他用手帕拭去脖子上的汗,不为人注意地轻轻叹了口气。随后他指着侧门,催众人进去。讯问要开始了。

"好了,接下来就让我来问话吧。请进。"

"资料好像差不多都齐了。"

次日下午,内田警部补向大槻警部报告。从解剖结果书开始,需要确认的事项还有很多。

"是吗。我想先知道鉴定结果。泥潭里的脚印和车辙情况如何?"大槻警部劲头十足地问道。

"好的。先说脚印,关于被害者的鞋子,他们很快就查明了制造商和型号。正如关谷太太所说的那样,被害者定期向经常出入学校的体育用品商购买这种鞋,所以商家还记得他。托这个的福,他们轻松完成了与泥潭里的脚印进行比对的工作,确定是同一厂商同一型号的鞋。不过,他们说鞋子的磨损情况各有不同,无法确认是不是同一双鞋。"

"话虽如此,从被害者少了一双鞋来看,认为泥潭里的脚印就是被害者的网球鞋留下的,应该不会有错吧?"

"是的。而且就算罪犯做了某种手脚也毫无意义,我觉得可以这么认为。"内田警部补赞同道。

大槻警部面露心满意足的表情。

"那么,隔壁人家的脚印是否与泥潭里的脚印一致呢?"

"嗯,完全一致。此外,据说被害者生前从未去过隔壁人家的院子。所以,把那个窃车贼和本案的凶手视作同一个人不会有错。"

"也就是说,罪犯偷了被害者的鞋,穿着那鞋走过泥潭,又去偷了隔壁人家的自行车。"

内田警部补点头道:"是的。不过,据说从脚印判明的事实极少,除了罪犯一路小跑往后门而去外,其他的都还没搞清楚。由于下雨后又过了一天,误差实在太大,性别、身高、体重等一概不知。"

"明白了。车辙的情况如何?"大槻警部推动话题。

"那确实是那辆被拴住的自行车留下的。轮胎的沟槽一致,且水泥地上的印迹、轮胎和辐条上沾着的泥巴,与泥潭的土质相同,所以不会有错。那辆自行车确实曾经通过泥潭。"

"原来如此。我让喜多君去调查自行车的出处,结果一无所获。果然是不会像查汽车那样顺利。别说车主了,连贩卖店、制造商都不知道。那辆车肯定是从自行车废弃场弄来的吧。"

内田警部补认同他的意见。

"是啊。他们说连指纹之类的痕迹都没留下。"

大槻警部重重点头。内田警部补继续说道:"关于玄关的锁,正如关谷太太所说的那样,已确定不存在备用钥匙。我们问了制造那种特殊锁的工匠,工匠坚称除了自己没人做得出来。所以,既然门是从内侧锁上的,就意味着罪犯不是从玄关出去的。"

"也就是说,罪犯来时骑自行车通过了泥潭,回去时也不得不从泥潭上走过。换言之,我们在现场推测的大致过程基本没错。"

"是这样的。"

"那还有其他新发现吗?解剖下来,有没有发现什么新情况?"

内田警部补摇头道:"没有。不过是根据生活反应确定后脑的伤是生前形成的罢了。死因还是勒毙。所以,就像当时望月先生所说的那样,凶手应该是击打头部致其昏迷后,勒死了被害者。"

"死亡推定时间的范围没能缩小吗?"

"姑且被限定在八月十一日下午一点三十分至下午四点三十分。虽然从四小时缩减到了三小时,但讯问的对象都没有不在场证明这一点并无改变,也没带来丝毫影响。窃车贼是四点半作案的,因此可推测出凶杀实际发生在三点半或四点左右。"

"除了当时讯问过的人,其他会员是否有不在场证明呢?"

"和那三位一样,去参加讲座之前全都没有不在场证明。嫌疑人一个都没减少。"

"是这样啊。"大槻警部叹了口气,表情显得疲惫不堪。

"关于数字三,大家也都没什么头绪。"内田警部补也夹杂着叹息声说道。

"明白了。"大槻警部摇着头说道,"要不再去找夫人寻求协助?上次的那则纸牌死前留言,就是靠敲山震虎最终判明指的是若村。从内部施加压力的话,也许就能搞清楚了。"

内田警部补点点头,说他会重新调查死亡留言,随后回到了自己的座位。

刚坐下,他便感到了强烈的、前所未有的疲劳。这是一种虚脱感,仿佛全身的力气都被抽光了。此时他突然想,这起案子没准儿会成为悬案。

第五章

爽快的尽头

深棕色的桌上丢着一张纸。一张薄薄的、像复写纸一样的白纸。暗淡的光从顶棚倾泻下来，令桌面的木纹透出了纸面。

咱把右掌缓缓地置于纸上，一言不发，只全神贯注于那只手，然后闭上眼睛。平静地吐息，做出类似于祈祷的动作。不久，上野听从指示，描摹出手的形状。纸上一点点地显出与咱的手掌和手指相仿的线条。

神秘的世界……

此等景象使人联想起诡异的宗教仪式，但众人沉默不语似乎并不是因为怯场。短短半个月前还充斥着好奇心的眼睛，如今变得空洞而呆滞。桥本、吉崎、河合、关谷遇害，RRMC已失去了往日的活力。大家好像失去了观赏魔术的兴趣。

"都说描摹惯用手而绘成的图中蕴含着灵力。好了，现在要划火柴了,五根手指里的哪一根都行,请你挑你喜欢的手指烧。"咱撕下一片纸火柴,点燃后交给上野。她的手上除了纸火柴,别无他物。

上野将纸稍稍掀起,把接过来的火柴伸入其下。随后,她只犹豫了片刻,便开始灼烧食指部分。眼看着白纸因烟尘的缘故渐渐发黑。火即将烧到手指时,上野把火柴丢进了烟灰缸。纸的四周略微翘起,只有食指部分变为焦炭色。

"好烫!"纸烧焦的同时,咱叫了一声。这反应就像手指真的被灼烧了。咱嘟起嘴,往右手食指直吹凉气,还时不时地皱一下眉。这是轻微烫伤时的表现。

"欸,这是怎么回事?"上野细细打量咱的手指,煞有介事地叫了起来,像是在借假装观看魔术来掩饰内心的不安。

"只是拿火烧一烧画在纸上的手指,在下就这样被烫伤了。"说着,咱伸出食指,只见上面起了小水疱一样的东西。圆鼓鼓的,只有疱内是白色的,而其周围反倒血液汇集,变得通红。确实是刚刚才出现的。其他手指上看不到那样的东西。

为展示手指,咱暂时让掌心朝上,但只有上野一人做出了反应。其他人只是瞥了一眼,连拍手的意思都没有。知道他们不会像以往那样凑近仔细打量后,咱望着中川,以笑容来掩饰尴尬:"本来想靠魔术活跃一下气氛,看来还是不成啊。"

中川对咱的话毫无反应,通红的脸紧张地扭曲着。她取出一支细长的香烟。像是外国烟。她用随身携带的打火机点着,一边吸一边吭吭地咳嗽。吸了两三口后,中川抖落还很短的烟灰,把圆滚滚的身体靠在椅背上。

"谁说的。"上野急忙大声说道:"真是不可思议!呃……就像真言宗之类的咒语一样,好可怕。"

咱礼节性地回应道:"谢谢你。这可是本人非常喜欢的魔术之一。而且除了纸笔和纸火柴,几乎不需要其他道具。"

仍拿在左手里的纸火柴煞是有趣,上面画着大力士的图,外形比照的是关取[1]。从"本场所"这个名字来看,火柴多半来自什锦火锅店。纸火柴里侧印有地图,给出了店所在的位置,火柴底部是露出了一截的名次表,密密麻麻的黑色竖轴排列得齐齐整整,与白色的头部形成了强烈的明暗对比。

"所以,为了随时能表演这个魔术,纸火柴总会带在身边。毕竟也不占地方嘛。"咱兴味索然地说。

"说起来,绫子可是一直在收藏火柴的。咖啡馆的,饭店的……我说绫子啊,这种画着相扑运动员的,你有吗?"

上野挑起话题,可若村依然神情恍惚,没在听她说话。直到袖子被拉扯,才好像终于反应过来。她眼神空洞,脸色显而易见地憔悴……

不久,若村拦住路过的侍者,语声干涩地点了饮料:"不好意思,若村,冰牛奶咖啡。"

---

[1] 相扑力士的等级名。相扑力士的等级由高到低依次是横纲、大关、关胁、小结、前头、十两、幕下、三段目、序二段、序之口。关取指十两以上等级的力士。

戴蝴蝶结的侍者点点头,默默地消失在柜台里处。他的脸上露出了担忧的表情。若村依然两手托腮,抬头看着钟,一声不吭。周围的人也配合似的屏气凝神,缄口不言。

侍者端着饮料现身时,理问他要苹果汁。侍者略显困惑,但什么也没说,拿着托盘又退下了。似乎是在柜台里检查账单。

"多根井君,点东西的时候你得先报上自己的名字。这是我们协会的规则。"

受此提醒,理露出了一脸呆相。

"因为人多,一页账单多半写不下。所以每个人都有一张账单。为此就需要报上名字。"

"真的吗?"理似乎觉得不可信,特地找向井确认。他大概认为,在这帮爱好魔术的"骗子"里就数向井最可靠。见向井微笑着点头,理好像终于信了。他来到同一个侍者的面前,报上了自己的名字:"我叫多根井。"

空虚的时间在久久的沉默中消逝。如今充斥着"红河"的气氛与那天的讲座一样。宁静之中飘浮着疑问、疑惑和焦躁。唯有青烟自烟灰缸中冉冉升起,像是要填补这片空白。时而可闻假咳声和叹气声。沉默延续得越久,心中的迷乱便也慢慢地沉淀得越来越多。

有点冷。似乎并非只是空调的缘故。若村可能也感觉到了,细心地拉下原先卷起的衬衫袖管。衬衫是伦敦条型的,蓝色、白色与深绿色相间。若村身体前倾,以抱着胳膊的姿势倚靠在桌边。侍者端来的冰牛奶咖啡也只是插着吸管，还没喝过一口。她面露异念丛生似的表情，将散漫的视线投向烟灰缸里的烟蒂。

背景音乐余韵徐歇，终至停止。看来是磁带放完了。天花板上柔和的灯光稍稍明亮起来。墙边的带罩灯也增强了光度。投射在桌上的影子轮廓越发清晰，鲜明地凸显出众人身体前倾的模样。

"像这样聚在一起，毕竟还是因为想说说案子的事，不是吗？"咱终于切入话题，打破了长久的沉默。凛然的声音似要将沉闷的紧张感一扫而空。

静谧之中，此前耷拉着眼睛的向井抬起头，似乎被这语声吓到了。

"说案子的事……"

"没错。想必大家来这里不是为了看魔术。不就是因为连关谷先生都出了那样的事，所以大家心神不安，平静不下来，不知该如何是好吗？"

向井像机器人一样机械式地点了点头，说道："嗯，听你这么一说，确实是这样。越是想着别提这个话题，就越是会想起案子的事。就算观赏魔术也没用。这就不是能靠其他东西来转移注意力的事。我们就像掉进砂挼子洞的小虫，再怎么挣扎也会被拖走。"

咱喝了一口肉桂茶，冷静地接过话茬儿："所以想说，大家不要像怕捅脓包似的回避案子的话题，而是应该好好地交流意见。这么做心情才会轻松，也能互相放心，不是吗？"

然而，听到这个提议，中川却摇摇头，红脸膛变得越发红了。

"可是，罪犯就在我们当中不是吗？就这样还要我们互相交流？"

不承想双方起了意见冲突，上野东张西望，不知该支持哪一方。向井表情沉稳，闭上嘴不再说话。若村则一脸迷茫，神色恍惚地望着虚空，一副心不在焉的样子。理也一言不发，凝视着远方，像是在思考完全不同的事。

"嗯，正是因此，大家才应该谈谈案子的事。毕竟咱们不知道案子会不会就此终了。"咱强有力地说道。

"我也有可能被杀吗？"中川的身子颤抖起来。

"是的。出于自卫，大家应该互相交流。不过，即便如此也不想参与的话，则另当别论。你可以用这个随身听听点音乐什么的。"

咱从包里取出便携式小型收录两用机，塞给中川，但中川摇头拒绝了。

"大家都知道谁是罪犯，就我一个人不知道的话，可就亏了。"

如此这般找借口颇有中川的风格，咱没能憋住，漏出了一丝笑声。

"明白了。"

就像是以这句话为信号似的,店内再次响起了音乐。是西蒙和加芬克尔的名曲《斯卡布罗集市》。含着忧伤的美妙旋律使人涌起怀念之情。原声吉他悦耳动听……咱语速飞快地打开了话匣子,与那节奏舒缓的曲调大相径庭。

"问题很多,但不妨先说说死前留言。"

中川点了点头。咱继续说道:"继吉崎先生之后,关谷先生也留下了指向罪犯的线索,也即竖起了食指、中指、无名指这三根手指。本人喜欢死前留言类的推理小说,所以对这一点很执着。只是,关谷先生想告诉大家,谁是凶手呢?"

上野用自己的手呈现出相同的形状,回应道:"这就是数字的'3'啊。要说与'3'有关的人……"

"你知道是谁吗?"

"对不起……我不知道。"上野吐了吐舌头,表示歉意。

理略显浮躁,从旁插话道:"我倒觉得这次的死前留言相对来说比较单纯。和吉崎先生的那个一样,指的是若村小姐。"

即使被指为罪犯,若村的表情也没有变化。也许是关谷的死夺走了她的精气神。她的视线悬于半空,眸子像腐烂的鱼一般浑浊。若村没有做出讲座那天所显现的激烈反应,感觉是对案子本身失去了兴趣。

"多根井君,解释一下吧,为什么三根手指指的是若村小姐?"

"很简单啊,学姐。"理手握主导权,说道,"竖起食指和中指的话,不光是数字的'2',还可能有别的意思。你说会是什么呢?"

这个问题不难回答。

"是 V 字手势吧。"

"没错。那么,如果是三根手指,说它表示 W 也不奇怪吧?竖起三根手指的样子,除了数字的'3',也可以把它看成字母 W,不是吗?"

"也就是若村小姐名字——wakamura 的首字母?"

"嗯。"理点头道,"假如吉崎先生的死前留言是伪造的,那么关谷先生的那则也可能是伪造的。如此一来,关谷先生留下的信息自然也会指向若村小姐。这是因为,如果两者都是罪犯伪造的,自然就应该指向同一个人。"

"你说假如是伪造的,意思是绫子依然有可能是罪犯?"

"嗯,呃……"

见理支支吾吾,咱在一旁给他解了围:"不,在吉崎先生的案子里,若村小姐不可能是罪犯。你不用担心。"

"为什么?"

"因为'毒品'的事啊。"咱继续解释道,"那天杰夫不是在机场出关的时候遇上麻烦了吗?虽说是警方误把凝固剂认作了海洛因,但他们还是疑心重重,在后面跟踪,据说后来一直在监视吉崎先生的家。若村小姐回去后,正门和后门都无人进出,所以当时不在那里的若村小姐不可能向吉崎先生下手。"

"那绫子就不是罪犯了。"上野面露安心之色。

"反过来说,罪犯就在我们几个当中。"中川以自嘲式的语气咕哝道。

"真的吗?"

"当然。前不久多根井君不是解释过吗?"

"可是,我不太明白……"

见上野侧头不解,垂着眼帘的向井小心翼翼地开口道:"是不明白动机吗?你加入协会可比我早多了,应该知道一些背景情况吧?"

上野犹豫不决,但还是轻轻点头道:"确实。我也和绫子一起思考过,呃……"

"呃?"

见理重复自己的话,上野笑道:"呃……我想说动机可能是当时的那二十万日元。"

"当时的那二十万日元?"

"嗯。是我们在狭山市公民馆表演魔术时拿到的一笔钱。"

"就为二十万日元杀人?"理面露惊讶之色。

"不是不是。"上野摆摆手,否定道,"那二十万日元现在可能值好几千万了。当然,桥本先生一死,具体情况我就不清楚了。"

理歪下脑袋,问道:"是投资股票了?"

上野露出犯难的表情，但还是害羞似的笑道："你不要生气，听我说。我们用那二十万去赌马了。这可不是玩笑话，我是说真的。桥本先生热衷赌马，我们一致决定赌一把。"

理一脸惊愕。

"我可没瞎说。二十万日元按人数平分的话，也没多少钱不是吗？所以，我们一起商量该怎么用。"上野神情严肃地继续说道，"比如捐给慈善集团，但有人说不喜欢这种任何协会都可能做的事，大家争执得很厉害。拿来游玩有点不够，像基金一样存起来又太没新意，大家不知道该如何是好。"

"所以就去赌马了？"

"是啊。反正是得来的钱，输光了也不可惜对吧？如果翻倍了自然好，明年还能靠它去FISM[1]，于是我们就把钱交给了桥本先生。"

"那这笔钱现在情况如何？"理含着苦笑问道。

"桥本先生号称赔光了，但我跟绫子提过一嘴，说其实是大赚了一笔吧。"

听了上野的结论，只有理点了点头。

"原来如此，这就是RRMC的世界吗？"

"我可是说正经的。"上野拼命辩解。

"这可不太靠谱啊。"中川歪着嘴角嘀咕道，"你们这么个

1　国际魔术联盟（Fédération Internationale des Sociétés Magiques）的法语缩写。

搞法，互相交流还有什么意思。别说罪犯了，连动机都搞不清楚了。"

"还想得出其他可能吗？"咱也歪下头问道。

"你问我，我也……我说绫子，你有没有想到什么？喂，你听见我说话了吗？"

上野拍了拍若村的肩。若村神情恍惚地转过头，散乱的目光游走于虚空，视线上下移动不止，仿佛被邪魅附体了似的。

"我要回去了。"说着，若村突然站起身。目光不定，动作倒是利落得很。她拿起包，迅速走到收款台，掏出钱包，给自己点的饮料付完账，转眼间离店而去。大家连阻拦她的时间都没有。

一时之间众人望着出口，无言以对。所有人都噤若寒蝉，沉默到来了。这第二次静谧使人感受到的沉重压力更甚于第一次的。众人无法对抗这重压，唯有时间不断地流逝。

不久，中川喃喃自语似的嘀咕道："绫子不要紧吧？"

然而，没有人回答她的问题。只有时间知道答案。

*

把烧卖塞进嘴里时，内田警部补的心中升起了不祥的预感。从打开便当盒的那一刻起就有些在意。筷子下的触感与往常不同。还闻到了些许异味。说起来，这烧卖的形状也有点奇怪。

可能是天气炎热的缘故，东西馊了——他是抱着这样的心理准备吃的。这是早晨起来自己装的便当，所以很清楚里面有什么。按理来说，不可能馊掉。内田警部补一向注意食物的生产日期，也不过度迷信冰箱。即使在夏季也不曾发生饭菜馊掉的事。

"呕！"

然而，入口的一瞬间，他不得不把东西吐出来。呛人的异味，难以忍受的恶心感。一放上舌尖，就不由得一阵反胃……馊了，装进便当盒的虾仁烧卖馊了个彻底。

"所以说，不能相信什么冷冻食品。"内田警部补独自抱怨，周围并没有听众。即使没有烧卖的事，这也是一个他想要发牢骚的上午。

今天从早上开始，大槻警部便少有的情绪不佳。野崎刑警到了上班时间还没来固然是一个因素，但真正的原因出在录像带上。听说他每天早晨定时录像的《魔术、魔术》这天没能录成。于是，看完录像再出门的每日例行功课被迫中断，生活节奏被打乱了。大槻警部不会把这些情绪带进工作，但与往常相比显得不太开心，不够和气。

野崎刑警也真是的，联系他时，听声音像是还没睡醒的样子。似乎是这边打过去的电话终于让他醒了。并非五分钟、十分钟这种程度的迟到，想来是累坏了。肯定是睡眠节奏紊乱，导致他睡得太沉。尽管野崎刑事辩解说什么音乐出了问题，但应该是连日来的搜查工作造成了不良影响。来上班时，脸上的疲劳之色也还没有完全消退。

内田警部补站起身，用纸包好吐出来的烧卖，尽量不引人注目地丢进垃圾桶，并拿餐巾纸擦拭周围被弄脏的地方。随后他去盥洗室漱了口。食欲已完全消失，怎么也提不起劲吃完剩下的便当了。

他做着深呼吸回到座位，见外出用餐的大槻警部已经回来。看样子像是刚放下听筒，刚才应该是接了个电话。他手拿一张便条，视线仍看向电话机，脸上微微显出兴奋之色。直到内田警部补上前搭话，大槻警部都没有注意到他的存在。

"又有案子了？"

大槻警部听到声音，显出吃惊的模样，感觉略有些夸张。

"欸，是内田先生啊，什么时候来的？"

内田警部补弯下眼角，微笑道："刚来。刚才去洗了一下手。警部，是发生什么事了吗？"

大槻警部点点头，一丝不苟地把电话摆正位置。

"是的。若村绫子死了。"

"若村死了？"内田警部补皱着眉问道。

"是的。据说有一份用文字处理机打出来的遗书。看起来像是自杀。"

"自杀？"内田警部补震惊过度，重复着对方的话反问道。

"没错。我也是刚刚收到消息，所以不清楚详细情况，总之现场是若村自己的家。据说她留下了一封很长的遗书，写了杀害四人的动机和手法。换言之，她似乎是背着连环杀人案的凶手之名自杀了……"

"若村绫子是凶手？"

大槻警部伸出双手，示意内田警部补别再问了。

"现在还不清楚。总之我们先去现场，细致地讨论过后再说。去现场是现在的第一要务。"

内田警部补赞成对方的意见。他伸手从大槻警部那里接过了写有现场地址的便条。

读便条时，大槻警部一边向更衣室走去一边说："若村的家好像离我们住的地方很近。"

内田警部补默默地点了点头，仔细叠好便条，收进了衬衫的胸前口袋。接着他慌忙收拾掉摊在桌上的便当盒，召集野崎刑事及其他部下，一同赶赴现场。

这是一幢两层楼的建筑，感觉像公寓式住宅楼。漂亮的外观是现代风格的，橙色砖块砌成的大门鲜明亮眼。将镜子如钻石一般组合起来的装饰艺术品反射着盛夏的阳光，夺人眼目。也许是女性专用的缘故，玻璃窗前的布帘全都洋溢着少女般的浪漫情调。

若村的家在二楼。内田警部补从车上下来，与大槻警部一起登上水泥阶梯。房门开着，负责守卫的警察皱眉忍受着酷暑，漠然站在门前。大槻警部正要报上姓名，对方似乎认识他，早已朝他敬了一礼，并后退一步让行。大槻警部依然表情严肃，微微点头致意后进入屋内。

玄关较为狭小，即便开着门也很昏暗，飘荡着某种独特的气味。鞋与伞挤作一团，四下里堆着鞋柜里放不下的鞋，它们都被收在包装盒内。墙上的挂钩吊着折叠伞、鞋拔子、手电筒、小扫帚等物件。打开着的门上略微倾斜地挂着一张嵌入底板的智力拼图。

走过铺设地板的走廊，便是富丽堂皇的饭厅兼厨房。想来若村和上野一起居住时使用过这里，可围坐四人的餐桌上铺着小猫图案的桌布。一只大花瓶占据了桌子的一角，瓶内装饰着几可乱真的人造蝴蝶兰。四张餐椅则披着色彩鲜艳、画有米老鼠图案的护套。

不仅外观华丽，内部好像也设备齐全，装有配套式厨房，洗碗池也大。可供热水的地方似乎有三处，水龙头由红蓝两个旋钮控制，正中间设有止水栓，可在适温状态下暂时不让水流出。公寓大概不通煤气，厨房里没有煤气灶台，也没有烤鱼的烤架，只安装了电磁炉。洗碗池上下均有橱柜，还有可放小物件的抽屉，感觉非常实用。

若村的尸体在厨房左侧的屋子里。屋子有六帖大小，木板地面，其上铺着绒毯，似乎是作为西洋风格的起居室来使用的。只有这间屋子开着空调。中央处摆着和家具同一风格的、没有罩毯子的被炉，和屏幕大得与房间面积不相称的电视机一样颇引人注目。屋内另有三台录像机，大概是用来复制魔术相关影带的，三台机器的时间显示都在零点零分上闪动。旁边的架子上堆着大量影带，展现了主人丰富的收藏。

"看来若村热衷'手彩魔术'。"大槻警部指着被炉，悠悠地说道。被炉上堆有大量薄如蝉翼的扑克牌，侧旁则放着一箱蜡烛。不只是没用过的蜡烛，折断的和烧短了的蜡烛也一并被收在箱子里。每张牌都像用那蜡烛涂过似的，表面油亮，略有些黑，暗沉沉地反射着吊于天花板下的荧光灯放出的光。

"你见过那种扑克牌在空中消失、不知从哪里又再次出现的魔术吧？而且不是一张，是几十张。"

内田警部补微微点头。

"那个就是手彩魔术。完全不使用特殊道具，仅靠手上的技艺达成奇迹般的魔术。"

"是从那个《魔术、魔术》节目里学到的吗？"

面对内田警部补的问题，大槻警部露出腼腆的笑容："嗯，我不光看那节目，最近还在阅读文献。"

对于这份热情，比起钦佩来内，田警部补更多的是感到惊愕。

"为了表演手彩魔术，魔术师有时会在牌上涂蜡。据说这样滑动性好，容易操作。"

"哦……我还以为是某种巫术。"内田警部补开着拙劣的玩笑，大槻警部则微微一笑。

被炉上另有一本名为《掌》的小册子，封面是一张把纸牌铺成扇形的图，想来是与魔术相关的杂志。其侧旁有一盏可移动的台灯，另一侧则是一台便携式文字处理机。操纵电视机和录像机的遥控器，被统一放在托盘上。

"是在心脏上刺了一刀啊。"人来人往之中，大槻警部叹息似的说道。内田警部补仅以点头回应，俯视着已面目全非的若村。

活泼的面影已荡然无存，尸体以右侧着地的状态倒下，遮挡了那张脸。整个身子蜷成一团，看上去比生前小得多。深深扎进左胸膛的刀，似乎准确地命中了心脏。血从刀与肉之间的些许缝隙中流出，在白色连衣裙上形成污迹，将淡蓝色的地毯染为令人厌恶的赤黑色。

"好像已经检查完毕了。"内田警部补抬头说道。因这个动作，他碰到了从荧光灯垂下的拉绳。

大槻警部正在向辖区警署的刑警了解目前的搜查情况。这一瞬间的空白令内田警部补产生了想呼吸新鲜空气的念头。他拨开人群，缓缓走向窗边，不顾室内开着空调，毅然推开了窗户。

外面没有风。日头毒辣。一丝树木的气息流淌进来，多半是因为底下的那个小公园。火柴盒似的住宅对面是私营铁路的车站，从这里能望见检票口。工作日的白天，又是盂兰盆节，所以进出的乘客并不多。推着婴儿车以代替拐杖的老婆婆，伸出手在自动售票机前购买车票。

内田警部补正要转开视线，忽又觉得自己看到了什么，便凝目望去。一个女人扭着身子貌似艰难地通过了检票口，这使他想起了一个人。是叶子。其实内田警部补看不清那张脸，但根据整体形象和行走特征知道是她。一个像是理的男人与其并行，也是他得以确信这一点的原因之一。

内田警部补只顾看窗外的光景，这时大槻警部从后拍了拍他的肩膀，说道："这就是那封遗书。"

"嗯？"内田警部补一边回头，一边半含着疑问的语气回应道。

"若村用文字处理机打出来的遗书。这份是复印件。为了确认是否使用了那台文字处理机，原件已交由鉴识科鉴定。"

"原来如此，是遗书的复印件啊。"

内田警部补表示理解，接过了这厚厚的一沓纸。文章很长，占据了十张以上的A4纸。内田警部补当场浏览了一遍。文中细致地描述了杀害四人的动机和手法。关于死前留言的解释也有完整的说明，内容与大家所想的一样。

"杀害吉崎的方法也能够理解了吧？"大槻警部收回遗书的复印件，压低声音问道。

"嗯。原来是在高墙外把刀像箭一样射出去啊。说起来，垃圾清理口的上方确实有一扇小窗。"

"没错。而若村是射箭部的。"

内田警部补点头道："动机方面我觉得也能接受。"

"是啊。五人一起去京都的时候,她被轮奸了。"大槻警部以压抑着情感的语声说道,"可以说是理所当然吧。当然,过后我得仔细地再读一遍,但这个动机我觉得还是有说服力的。"

"想必还是自杀吧。"

内田警部补的话音将落而未落之际,从玄关那边传来了话语声。声音不大却很通透,必是理无疑。几个人似乎是在争执能不能进来的问题。从时间上来看,刚才从窗口望见的那两位果然是理和叶子。想到这里时,理已在起居室现身,想来是硬行推开了守卫警。叶子也紧随其后。

"我们接到上野小姐打来的电话……"理一边东张西望,一边开口道。他多半已知道若村的死讯,看到尸体也不见吃惊的样子,仍不断地环顾四周,像是在寻找上野的身影。

"准确地说,是打给我的。"叶子望着里处的房间补充道。

"要找上野小姐的话,她正在那边的卧室休息。接下来我们打算向她问话。"大槻警部以谦和的口吻说道。

"哦,是吗。"理点头表示理解,"上野小姐给学姐打电话时,显得非常慌乱。我们说会马上赶过去,叫她联络警察。现在她情况还好吗?"

大槻警部耷拉下眼角,放松了脸部的肌肉。

"好像没有表现出慌乱失措的样子,多根井君。听说她也很好地保护了现场,没有接触尸体,也没有动过物品。"

理长出了一口气,说道:"那就好,我放心了。"

"那我们这就去里面的房间吧。我想听上野小姐说说情况。"大槻警部向叶子搭话,但叶子始终眼朝下方,一言不发,似乎在注视起毛的地毯。

"怎么了?"理也注意到了这一点,弯下腰凑近地面。起毛处在被炉旁离尸体稍远的地方。淡蓝色地毯的绒毛朝一个方向竖起,像是把掉落下来的东西扒拉到一处时留下的痕迹。只是,那里一尘不染,并不觉得有什么特别值得关注的地方。

"咦,橡皮筋在这个地方……"理指着被炉的桌板说道。就在搁遥控器的托盘旁边,有一根贴着小纸片的橡皮筋。咖啡色的被炉桌板把贴着白纸的橡皮筋衬托得尤为显眼。仔细一瞧,纸上还写着什么。内田警部补戴上手套,轻轻拿起被炉上的橡皮筋。

"上面好像写有文字……是字母。"大槻警部一边接过橡皮筋一边说。五毫米见方的纸上细密地写着横排文字,感觉是签名。

"能让我看看吗?"理打量着大槻警部的手说道。

"可以。"

从大槻警部左掌上的橡皮筋得出结论,并没有让理耗费太长时间。他几度变换视角加以确认,随后自我认可似的说道:"这个就是后来的那根橡皮筋。"

"后来的?"内田警部补眉头一皱。

"嗯,我来解释一下吧。"

理简短地讲述了杰夫·麦金尼来吉崎家时的情况——在橡皮筋上签名的事。他还说橡皮筋在关谷表演魔术时遗失了,但内田警部补并不觉得这是什么重要的事。大槻警部也几乎不感兴趣,只是叫来小林刑警,命他把橡皮筋送往鉴识科。

"看这情形,多半也提取不出指纹吧。就算能提取,如果是会员的指纹,也是毫无意义的。"

理插话道:"没准儿这是罪犯落下的东西。"

大槻警部对"罪犯"二字瞬间起了反应,但他没提遗书的事,而是说出了一番基于他杀前提的看法:"不,我想罪犯不会把东西放在这种一眼就能看到的地方。毕竟这对罪犯来说是相当不利的证据。应该是以前的访客落下的吧。"

"警部,橡皮筋的事暂时放一边,我觉得应该先进行讯问。"内田警部补直截了当地进言道。对此理似乎想说些什么,但最终没有开口。大槻警部点点头,走进了里面的房间。理也老老实实地跟在后面。

卧室那间房拉着窗帘,隔绝了户外的阳光。屋里摆着大型魔术道具,颇有些后台的氛围。小物品也放得满满当当,收藏的火柴被挤至角落处。见屋内如此杂乱,众人心下了然,明白了当初上野不得不离开这里的原因。

"信田小姐……"四人进屋后,上野抬头看着叶子低语道,眼中流露出半是求助的目光。想来亲友的死让她受到了不小的打击。上野连站起身的力气都没有,无精打采地坐在看起来十分高级的床上。由于弓着背,塌着肩,玲珑的身段看着越发瘦小了。

床头柜上放着烟灰缸,里面有几个烟蒂,可能是被害者吸的。近旁有一只小型挎包,露着烟盒的一角。是淡绿色的sometime轻型烟。也许若村本意想要戒烟,可以看到包里除了打火机,还有戒烟烟嘴。其余空间则主要被钥匙和钱包等物所占据。

"精神还好吗?"大槻警部朝上野搭话,态度随和,语声里透着亲切。

信田叶子在同一张床上坐下,把手搭在上野的肩上。随着那只手缓慢地摩挲,可以看到上野的目光开始恢复镇静。叶子动作自然,上野则像是一个被母亲抱在胸前的孩子,似乎产生了某种舒适的安心感。

"绫子死了,唉……我真的太吃惊了……"

大槻警部重重地点了两三下头,说:"当然会这样。毕竟你和若村小姐是好朋友,曾经一起住过。"

"嗯,就是啊。从昨天RRMC例会的时候开始,她的样子就很奇怪,所以我放心不下。谁知跑过来一看,竟然……"

上野垂着头,语至末尾,声音沙哑起来。她的身子还在颤抖,心情并没有完全平复下来。

但大槻警部仍以稳重的语调推进话题:"能否请你说说昨晚的情况呢?"

"好……"上野惴惴不安地点了点头。

大槻警部开始了讯问:"先从昨晚若村小姐的言行开始

吧。"

上野朝叶子看了一眼,悠悠地开口道:"好的。她一直精神恍惚。呃……对什么都漠不关心,或者说是一种'什么都无所谓了'的感觉。"

叶子像照顾上野似的补充道:"没错。自关谷先生遇害后,她就一直表现出这种态度。朝她搭话也是一副心不在焉的样子,唯唯诺诺地听什么是什么,有一种放弃了什么似的感觉。"

"原来如此。"大槻警部意味深长地点了点头,"所以上野小姐才不放心,要到这里来看看是吧?"

"是的。虽然很久没来了,但这里跟我在的时候毫无变化。比如……东西摆放的位置,房间里的氛围什么的。"

"你是几点到的?"

上野略微抬起头,思考了片刻后答道:"呃……是十一点左右。十点时我给这里打过电话,因为一直没人接,就决定过来一趟。"

"确实是这样。"这回是理从旁插话,"学姐接到电话也是在十一点过后。"

叶子也默默地点头,表示理说的没错。

"那么你来的时候,门是锁着的吗?"大槻警部继续问道。

"嗯。这里的门是自动锁,所以肯定是锁着的。不过,我以前在这里住过,也有钥匙,擅自进门绫子也不会生气,所以……"

"还有其他人持有钥匙吗?"

"不,应该没有。"

"好的,"大槻警部点点头,"那么,进门后是什么情况?"

"呃……屋里很黑,我也不太清楚。窗帘是拉着的。所以我想打开起居室天花板上的吊灯,就按了墙上的开关,结果吊灯没亮。我没办法,只好进屋,想打开被炉上的台灯。就在这时,我发现绫子倒在地上。"

"你没注意到有橡皮筋掉在那里?"理在一旁问道。

上野立刻表现出回忆起来的样子:"注意到了。因为惊吓过度,刚才忘了提。"

"那时你没碰过尸体和周围的东西吧?"大槻警部确认道。

"没有。我见她身上戳着一把刀,就往后退开了。呃……明明没碰到血,却总觉得手上沾到了什么,所以就到洗碗池那边去了。我打开蓝色的旋钮,结果不出水,所以就用面盆里蓄的水把手洗了好几遍。然后又过了一会儿,我给信田小姐打了电话。"

大槻警部重重点头。

"警方赶到前,你人在哪里?在做什么?"

"为了避免看到绫子的那个样子,我一直在这间屋子里待着。"上野的目光透出了一丝胆怯。

"是吗。"大槻警部深深地叹了口气,说道,"关于发现尸体的始末,我已大体了解。不过,我还想问几件事,你能否予以协助呢?"

也许是紧张的缘故，上野的颤抖开始变得明显。

"一个是关于文字处理机的，若村小姐用被炉上的文字处理机写下了遗书……"

"遗书？！"

理大叫一声，阻碍了大槻警部的发言。

"你怎么回事？"内田警部补瞪了理一眼。

"不是……遗书什么的，难道这个案子不是他杀，而是自杀？"

"莫非有证据表明不是自杀？"内田警部补盛气凌人地说。

"不，我不是这个意思。因为我直到刚才都以为是他杀……"

"我们也没有认定就是自杀。"大槻警部温和地说，"这个姑且放一边，上野小姐，你住在这里的时候，若村小姐就已经开始用那台文字处理机了，是吗？"

上野歪下脑袋，说道："这个就不清楚了。不过，她喜欢用文字处理机是千真万确的事实。"

大槻警部提出下一个问题："接下来是关于空调的。若村小姐死后，空调似乎也一直开着。假如她是自杀，你认为她是那种任由空调开着不管的人吗？"

"绫子在这些方面是有点粗枝大叶，所以……"

大槻警部心满意足地点了点头："最后是想请你确认凶器，可以吗？"

"凶器？"

"是的。我想确认那把刀是不是家里的东西。"

不料上野重重摇头,叫道:"我不想再看到尸体!我讨厌刀!"

即使叶子拍她的肩,她也安静不下来。上野颤抖得越发剧烈,最后还啜泣起来。

大槻警部耸了耸肩,说道:"我明白了。今天姑且就到此为止。"

这时,玄关那边发生了骚乱。似乎是若村的双亲到了。据说若村家是东京都内屈指可数的富豪,对独生女很是宠爱。公寓也好,魔术道具也好,全都是女儿说什么就买什么。

"感谢你的协助。"大槻警部低头道谢后,朝叶子使了个眼色,意思是"人就托给你照料了"。他就此离开了房间,内田警部补也紧跟其后。接着二人很快就结束了对若村父母的讯问。内田警部补仅拿着由文字处理机输入的遗书,从公寓直接回到了本部。

拜若村的遗书所赐,搜查工作突飞猛进。若依照遗书中所坦白的犯罪行为,视若村为凶手,则一切谜团和疑问都能迎刃而解。由于文中写下了详细经过,此前几桩案子里的不明之处都搞清楚了。警方基于遗书的内容进行了核实调查,也未发现有互相矛盾的地方。

关于杀人动机也做了若干侦查,但这方面的情况仍是不清不楚。其原因在于遗书里未写明具体日期，且地点也只写了京都二字。相关人员已全部离世，这也是未能核实真相的重要原因之一。

解剖结果书和鉴识科的报告都没有提供任何可用来否定自杀的材料。遗书确系来自与若村的文字处理机同款的机器；凶器的刀也是，经家人辨识，的确是若村的所有物。橡皮筋上未能检出指纹，警方将其解释为是过去的来访者留下的。

最终，本案被断定为自杀。连环杀人案也以系若村所为而结案。搜查本部就此解散。

内田警部补被冻醒了。和式单衣的前襟开着，上半身几近赤裸。读到一半的报纸皱皱巴巴地躺在脑袋底下。看来是读着读着睡着了。傍晚的风从窗户吹入，感觉有些刺骨。内田警部补慢悠悠地站起身，动作猛烈地关上了通往院子的垃圾清理口。

夏天过去了……

比五线谱缺一根线的电缆对面，能望见钢筋水泥的警察住宅。那是他单身时代住过的地方。外形相同的老建筑有三栋。涂成奶黄色的外墙被夕阳的强光染为红色。身上的和式单衣已然走形，内田警部补合起前襟，一边呆呆地眺望窗外的风景。

建造自家住宅时，他毫不犹豫地选择了此处。这是他年轻时待过的、令人怀念的街区，是熟悉的、早已住惯了的场所。得知大槻警部把家安在附近也是出于同样的思路时，两人齐声大笑。野崎刑警到了成家的那一天，也必会选择这个街区。

久违的休息日。由于案子告破，内田警部补终于获得了休假。他也不出门，只在家里悠闲地度过一日。一系列的案子始于八月初，案子了结了，夏季也将随之结束。风奏响着秋天的声音……先前附庸风雅地想着这些事，不知不觉地就睡着了。

把门关死毕竟会热，心里这么想着，内田警部补打算再次起身。就在这时，屋外有声音传来。是儿子义浩尖脆的语声。

"爸，你起来了？"

义浩拉开隔扇进来了。他身穿跑步时的衣服，下着牛仔裤，手上捧着两罐罐装啤酒，外加大阪烧风味的薯片。义浩没规没矩地用脚关上隔扇，极为粗鲁地丢来一罐啤酒。内田警部补接得完美，但密密麻麻凝结在罐身上的水珠因这一抛而四下飞溅。

"今天能喝酒吧？"义浩毫无顾忌地在父亲身边坐下，露出生了蛀牙的门牙笑道。一声脆响，他打开了易拉罐，咕嘟咕嘟地往嘴里灌啤酒。随后"哈"的一声长出一口气，用手抹了一下额头，拆开了薯片的包装。见状，内田警部补也打开了罐装啤酒。

"听说案子解决了？"义浩望着开始变暗的户外随口问道。看来他只是挑了个不痛不痒的话题。

义浩平静的侧脸上浮现出与平常不同的表情。这使内田警部补想起了亡妻。他放弃盘腿的坐姿，伸直双脚，将目光投向薯片的包装袋,说道:"是啊。由于罪犯的自杀,我们查清楚了一切。虽然辛苦了一阵子,但总算是解决了。"

"哦。"义浩轻叹一声,仰起头大口喝酒。瞧这饮法,仿佛是想说"这是最后一次了"。内田警部补躲闪着义浩的目光,将视线转向夜色层层逼近的窗外。这一天的黄昏静谧得能听到对方的呼吸声。

"爸……"义浩语声沉重,"我要去札幌了。"

内田警部补没有抬头。

"以前我不是提过这个事吗?现在正式定下来了。"

义浩撕破薯片的包装袋,故意发出响亮的声音,似乎是无法忍受对方的毫无反应。他把剩下的啤酒一口气喝完,随后用右手把空空如也的铝罐捏瘪。

"是吗。"内田警部补凝视着夜幕下的院子,终于开口了。他找不到其他语言,只将伸直的腿收到胸前,长时间地保持着这个姿势不变。不久,身边的人终于有了起身的迹象。

"就是想跟你说这个。"留下这句话后,义浩便平静地离开了。内田警部补独自一人被丢弃在黑暗的屋子里。

夏天过去了……

不知不觉中,一个季节已告结束。夏天结束了。

不知何时窗外已是一片漆黑。

内田警部补喝干余下的啤酒,长长地叹了一口气。随后他和义浩一样,用右手一举将空空如也的铝罐捏瘪了。

致读者的挑战书

作中作《岁时记》完结之际，请允许我插入一封对读者的挑战书。

本作亦遵守本格推理小说的规则，是以公平竞赛为前提写就的。如今锁定罪犯所需的线索已全部给出。无须凭直觉或胡乱猜测，只靠纯粹的逻辑就能指出罪犯。好了，真凶究竟是谁呢？

因过于追求意外性，这部作品颇有些牵强之处。也许是过于牵强了。还望大家包涵。

现在就请各位通过合乎逻辑的推测和心理层面的观察，思考谁是真凶吧。

祝你们马到成功！

依井贵裕

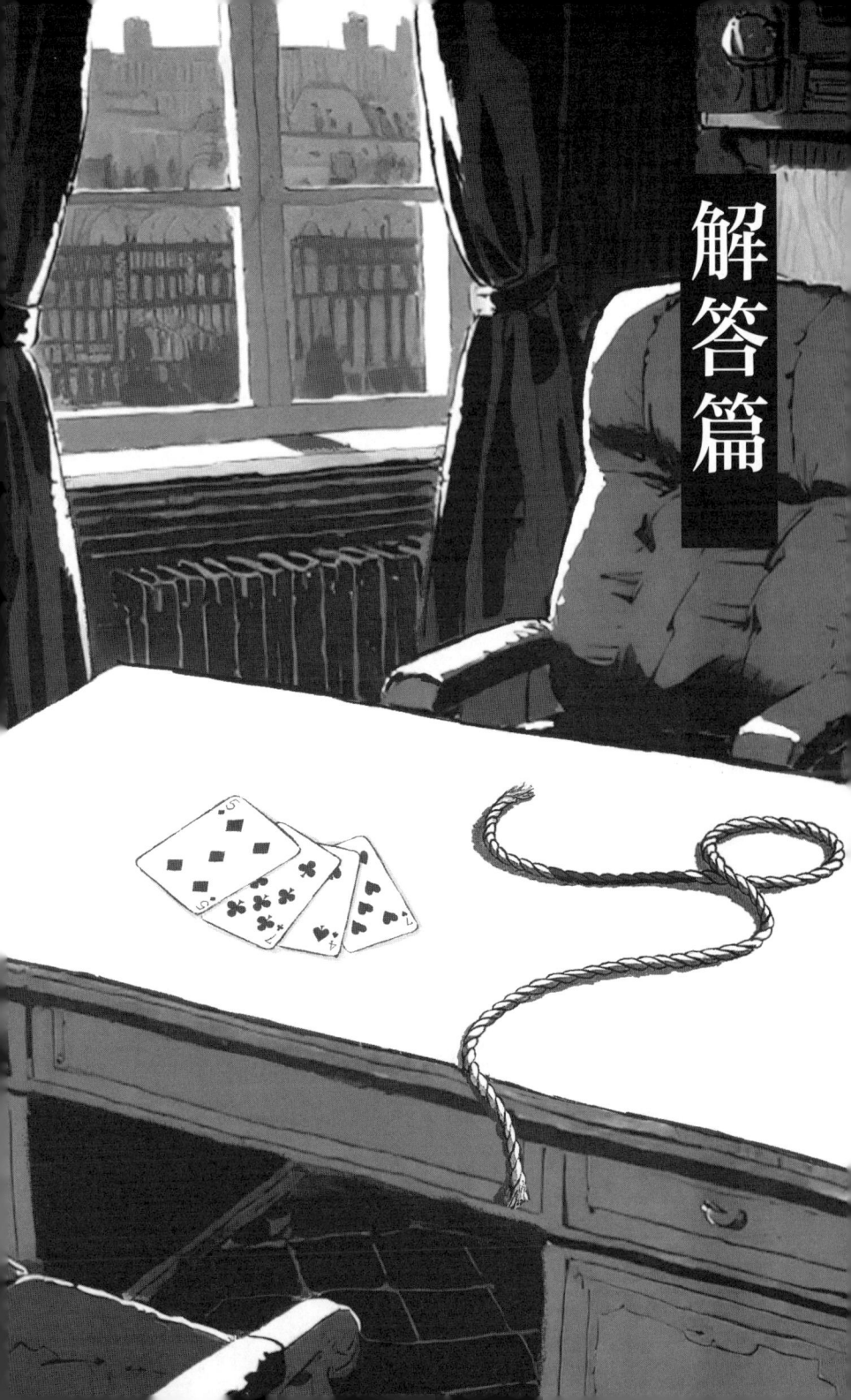

解答篇

III 心意自然流露

到站之前的广播响起后，秀之才意识到自己正在打瞌睡。他以为自己醒着，其实好像是不知不觉地睡着了。他张开眼睑，想动一动身子，顿时觉得手脚的关节甚是酸痛。由于长久地坐在直角座席上，腰也不得劲了。秀之把装着原稿的纸包放到一旁，两手托着腮靠在窗框上。

外面的天已经亮了，弥漫着微白的朝霭。掠过面颊的风很冷，对刚睡醒的人来说颇为舒爽。列车不减速度，通过了好几个空无一人的小站。尚未苏醒的街市的风景给人凛然而紧绷的感觉。

明明说游戏会玩到大垣站为止，可推理小说同好会的成员们却怎么舒服怎么来，全都陷入了梦乡。秀之想不起游戏是何时停止的。读原稿的期间，他们一直在玩扑克吧。但他完全不知道自己是何时睡着的。虽说并无强烈的意愿去回忆，但秀之还是闭上眼，回想昨日漫长的夜晚。

他接受了理的托付，读刚才放到一旁的原稿，度过了一个夜晚。这部老式推理小说《岁时记》采用第一人称和第三人称的交叉描述，文中发生了五起命案。不过，最后的自杀比较唐突，留下了让人难以释怀的部分。秀之的直觉告诉他，真凶另有其人，数次前后翻阅原稿。也许是在思考真凶的过程中身心疲惫，便自然而然地拉下了眼睑。

列车单调的声响和晃动正欲把人再次带入梦乡。秀之很想就这样闭上眼睛。但是广播声再次响起，通知乘客五分钟后即将抵达大垣。秀之摇了摇头，擦了擦眼睛，留意着别让身子撞东撞西，悄然起身进入过道。

其他乘客从行李架上取下行李，早早地做着下车准备。一路站到大垣站的人肯定是彻夜未眠。他们个个眼圈发黑，一副受尽折磨的样子。与窗边不同，那里应该吹不到风，所以头发都粘在了额头上。迪士尼乐园里买的礼品也因汗水的缘故，包装纸上起了褶皱。

秀之上完厕所，在脏兮兮的盥洗室里洗了把脸。水花意外地冰凉，感觉十分畅快。为活动筋骨，他松松垮垮地做了几个体操动作，骨节咔咔作响，肩膀和颈部的僵硬大为缓解。秀之整了整衣装，回到自己的座席，这时理已经醒了。

秀之精神饱满地打了声招呼："早上好。"

理嫌恶似的只看了他一眼，并无回以问候的意思。这反应使秀之想起，理最害怕早起。虽说看起来也没瘦到得低血压的程度，但他好像天生就是要过好一段时间，身体才能达到"醒"的状态。因此，刚醒的时候总是态度冷淡，特别地不开心。

秀之决定等理自己来搭话，便从行李架上取下自己的行李，顺手拿起纸包。俱乐部的成员们也醒了，正在各自打点行装。周围的其他乘客也做着同样的事。独特的、乱哄哄的氛围包裹着车厢里的人与物。然而，理却纹丝不动，把眼睛眯成了一条缝，活像一只狐狸。

不久，列车降速，驶入了月台。通知到站的广播响起，与此同时大批乘客站起身，走向车门，个个劲头十足。与这边隔着一条线路的对面的月台停靠着开往西明石的快速列车。众人似乎是为了能坐上那趟车，才争先恐后地涌向车门。

推理小说同好会的成员们也扛着大包陆续下车。谁也没理会理。新生佐名木也只是瞥了一眼，随后从拥挤的门口突围，以飞快的速度奔上天桥的台阶，简直难以想象是刚醒来不久的人。他奔跑的动静太大，以至于秀之觉得都能听到蹬踏台阶的声音。

"这里是终点站，没必要慌张吧？"所有人都出了车门、车厢里只剩下两人时，理终于以刚醒来时的奇怪语声开口道。他眼神凄厉，狐狸似的脸并未有所变化。

"可能不赶的话就坐不上那趟车了吧。"秀之指着停在对面的快速列车说道。

"原来如此。"理用硬挤出来似的声音轻轻说道，"可是，坐不上的话，可以等下一班车。应该晚不了多少时间。"

"确实。"秀之退让一步道，"可能是没必要那么着急。"

"是啊。而且我觉得就算慢慢走，多半也坐得上。"

理声音嘶哑地说着，终于抬起了沉重的身子。他从空空荡荡的行李架上取下鼓鼓囊囊的旅行包，艰难地拉开拉链后，向秀之伸出手。看来是打算把原稿放进去。秀之递过纸包，帮助他拉拉链。然而纸包放不进去，最终理只好把它夹在腋下。

"为什么一开始能放进去的东西现在放不进去了？"秀之侧头不解。理请求他阅读的时候，原稿确实是在包里。

"因为我从学长那里买了几本书。是卡尔的绝版书。"

这么说来，包里确实塞着几本封面灰扑扑，还有点脏的旧书，全都书角翻卷，纸质发黄，污渍斑斑。秀之还看到了《宝剑八》《潘趣和朱迪》《恐惧往往相同》《蜡像馆里的尸体》等古怪的标题。

"是在你睡着的时候买的。"这时理才终于放松面部的肌肉，眼角浮起清澈的笑容。

秀之苦笑一声，徐徐起身，拿起行李从空无一人的过道慢慢地走向车门。理也跟在他身后。两人跳下不高的台阶，站到月台上，做了个深呼吸。早晨空气新鲜，令人神清气爽。

"这份原稿你好像都读完了。"前往天桥的途中，理对秀之说。大概是身体终于开始复苏的缘故，他的声音一点点地接近了正常状态。

"是啊。多亏是文字处理机打出来的，读得非常轻松。"

"谢谢。"理低头行了一礼，"这份原稿颇有些来头。你的志向是成为警察，我想听听你的意见。"

秀之笑道："我靠得住吗？"

"我倒是对你挺期待的。"

渡过造型老式的天桥，下行至快速列车停靠的月台。离发车好像还有一点时间。有人正在自动贩卖机前喝果汁。如理所言，车厢里并未拥挤到没有座位。想来既有在大垣站下车的人，也有转乘其他线路的人。四人席也几乎都只坐着两到三人。

"不用和俱乐部的人在一起吗？"

听秀之这么问，理莞尔一笑，答道："反正到大阪之前大家除了睡觉还是睡觉。而且，我想谈谈这份原稿的事，不想被别人打搅。"

"是吗。那就好。"

理没有选择四人席，而是在车门附近的横排座位上坐下。这地方只能坐两人，不会受到打扰。理把鼓鼓囊囊的包放上行李架，只留装有原稿的纸包，抱在自己的膝上。

"好了，现在让我来听听富小哥的意见吧。读了这份原稿，你的第一印象是什么？"刚坐下理便性急地问道。他已经完全恢复正常了。

"这个嘛，"秀之想了想，"我觉得写法很怪，或者说是生涩吧。特别是第一人称的部分，总有一种槽牙里塞了东西的感觉。"

"确实。"理点了点头。

"怎么说呢，我觉得小说技法方面很拙劣。由于描写能力不足，眼前浮现不出小说里的场景。每个场景所拥有的效果和存在感非常稀薄。人物也没刻画好。角色形象乱七八糟，连谁是谁都分不清。全都是说明，而不是描写。"

"确实，如果这是拿着稿费的作家写的书，恐怕读者是不会买账的。"理苦笑着说。

"而且，警方也未免太糊涂了吧。"秀之继续说道，"理应明白的事都被他们满不在乎地放过。比如说，第五个案子里的橡皮筋，只要好好询问应该就能发现可疑之处。大槻警部不可能那么蠢。"

"可不是吗。"理点头表示赞同，"这部小说是以真实案件为基础的，但我问过大槻警部，其实不存在那么多线索。绳子、脚印、橡皮筋，全都是作者自己加的。死前留言等也完全是虚构的。"

一瞬间秀之眼前一黑，只觉得自己被使了个绊子。

"你说完全是虚构的，难不成这原稿是你写的？"

"啊？"

"你看，大槻警部和内田警部补都出场了，你也在里面担当了侦探角色，不是吗？我满心以为……"

理猛一摆手，否定了秀之的话。

解答篇

"这份原稿呢,是这篇小说的叙述者——在文中以信田叶子之名登场的田部学姐——留下的遗作。所以我才说颇有些来头。"

"遗作?"

见秀之一脸惊愕,理说明缘由,详细告知了田部学姐的事和遗作的意义,还解释了读到这份原稿的来龙去脉。

"是这样啊。那我可不该把原稿贬得那么低啊。"

秀之咬住嘴唇,而理却笑得极为开心。

"说出真实的第一印象,不是挺好的吗?"

秀之皱了皱眉,说道:"对小说技法的批判先放一边,但第五起案子怎么看都不像自杀啊。案子破得过于唐突,结束方式也令人扫兴。若村讨厌橡皮筋,不可能把那橡皮筋放在眼皮底下。这一定还是他杀,后面应该有破解篇吧?"

"原来如此。富小哥也认为小说到这里还没完,是吗?"

"嗯。"

"那你觉得谁是真凶?"理神情严肃地问道。

秀之一动不动地看着对方的眼睛,说道:"抵达大垣之前我在车里思考过,这可真是一个极度出人意料的罪犯啊。此人处在所有人的盲点上。只有这个人绝对不会受到怀疑。正因为是田部学姐,才会允许这样的罪犯设定。真凶正是文中担当侦探角色的人,也就是你——多根井理!"

"哐当"一声,列车突然启动了。不知何时车门已经关上。秀之总觉得自己没听到发车信号，也不记得是否有过广播。甚至都没有注意到尖厉的哨声。不知不觉中他已沉湎于对话，再也看不见周围的情况了。

"确实……挺……意外的。"理弯下腰，一字一句地说道。身子前倾是因为在笑，还是因为突然的加速度，想来周围的人是分辨不清的。但是，秀之知道理的身子在微微颤动。理笑个不停，一时之间他保持着这样的姿势，连头也没抬。

"看你好像在笑啊，不过在这篇小说里，不光是警察，连你也显得很糊涂。有那么多线索却无法进行论证，不就是因为你自己是凶手吗？"秀之发起了猛烈反击。

理垂着头，忍笑道："那是因为文中的多根井理并没有掌握警方得到的信息，不知道罪犯是谁也在情理之中。他应该连若村讨厌橡皮筋的事都不知道。"

"是吗？"

"是的。"

"这么说，你已经知道谁是真凶了？"秀之紧追不舍。这是一种正面攻击。

"嗯。"理直起腰杆，以清晰的语声简短地答道。他的脸上已经没有笑容了。

"是吗。"秀之的眼里闪烁着锐利的目光，"那我一定要听听你的结论。同时也请你说明一下推理过程。我搞不清谁是凶手，而你又是怎么找出真凶的呢？"

理神情严肃地问道："你的意思是，其他方面你也一无所知？"

"嗯。和你的委托人新井先生一样，除了信田叶子不是凶手外，其他的我一概不知。"秀之并不害臊，坦率地承认了自己的无能，"小说中，信田叶子在 RRMC 表演过绳子魔术，第一起案子里她拥有普通的长绳；第三起案子的凶器是冰锥，有尖端恐惧症的叶子无法完成这项罪行；发生第四起案子时，她正在接受内田警部补的讯问，这可是完美到极点的不在场证明。从这三点来看，唯有信田叶子绝无可能是凶手。然而，要问我谁是真凶，我只能举手投降。很遗憾，我提不出任何意见。"

"是这样啊。"理喃喃自语，微微点头，动作小得几乎让人觉察不到。他从秀之身上挪开视线，缓缓地把头转回前方。

田园风光在窗外一一掠过。水的蓝、树的绿被包裹在清晨柔和的阳光里，显得鲜嫩无比。

秀之欣赏着窗外的风景，悄悄叹了口气。从大开着的窗吹入的风，使稍稍出汗的皮肤倍感舒爽。列车以一成不变的节奏，反复制造出声音，不停地晃动着。不久，理露出决心已定的表情，以镇静的语声平和地开始了讲述。

"先从第五起案子并非自杀而是他杀说起吧。若村并非此前一系列命案的凶手，只是被真凶陷害了。最后一案也是连环杀人案里的一环，罪犯企图把她的死做成自杀的样子。"

秀之表示赞同，催理往下说。

"在最后一案里，除了橡皮筋，还有两处疑点，也是暗示若村不是自杀而是他杀的小线索。这两处疑点真的非常细微，都是尸体的第一发现人上野美由纪在证词里提到的。"理轻咳一声，"正因为上野曾经和若村一起住过，这两处才成了疑点。其一是起居室的灯不亮。上野说她进屋时摁了开关，但天花板的吊灯没亮。因此，她试图打开被炉上的台灯，这才发现了尸体。你不觉得奇怪吗？明明摁了开关，当时灯为什么没亮呢？"

秀之歪下脑袋，说道："是灯坏了吧？"

理当即否定道："在描述警方搜查的场景里，灯是亮着的，由此可知事实并非如此。文中写得很清楚，涂了蜡的牌'暗沉沉地反射着吊于天花板下的荧光灯放出的光'。"

秀之也记得这段话。文字描述的是若村公寓里的情况。

"不会是灯坏了，后来警察把它修好了，对吧？"

"那是自然。"理轻轻摇头，"如此一来，就能得到一个极为平常的结论。也就是说，有人没有摁墙上的开关，而是用那根拉绳关掉了天花板的荧光灯。"

理说的似乎是从荧光灯的中央垂下的拉绳。通过拉动拉绳，这种荧光灯会有四种模式，分别是点亮两圈灯管、点亮一圈灯管、常夜灯和关灯。

"我们去人家家里的时候，经常会干出这种事吧，不摁开关，而是用拉绳操作。上野进入起居室时，摁了开关灯不亮，我想原因就在于此。"

"原来如此。可能性很大。"秀之点头赞同。

"对。于是问题来了，若村平时是怎么开关灯的呢？是通过墙上的开关，还是用拉绳呢？"理继续推论，"我想，从若村曾与上野同住这一事实，可以清楚地明白这一点。一起住的两个人要是习惯不同，可就太不方便了。每次开起居室的灯，都会觉得很不爽。所以，由此可以断定，若村的习惯肯定与上野的一样。"

秀之忍不住拍手道："对啊！既然上野说了摁下开关灯没亮，那她就是习惯用墙上的开关。"

"对。因此，若村也是习惯用墙上的开关。"

"这就说明存在一个用拉绳关掉荧光灯的第三者。"

理平静地点点头："没错。除非能找到一个有说服力的理由，来解释若村只在自杀的那天用异于往常的方法关了灯。否则，认为有一个不知若村习惯的第三者才是合情合理的。"

"确实。这个异于往常的做法，其实是真凶的习惯。"

"是的。然后，第二处疑点的情况也完全相同。那就是水阀的问题。"理顺畅地向前推进，"当时上野说她拧开蓝色旋钮，因为没出水，就用面盆里蓄的水洗了手。和灯不亮一样，当时为什么会不出水呢？"

秀之颇有自信地回答道："这是因为罪犯关水龙头的习惯与若村和上野的不同，而并非真的断水了。"

"没错。"理缓缓地说道,"那公寓的水管是同一个龙头既出冷水也出热水,且设有止水栓,可在适温状态下关闭,暂时不让水流出。罪犯关水龙头时,肯定是关掉了那个止水栓。所以,即使上野拧开蓝色旋钮也不会出水。"

"原来如此。拿这个和橡皮筋的问题放在一起思考,就很难认为第五案里若村是自杀的。"

理重重点头:"对。不过,否定自杀的材料还不止这些。"

"欸?"

"从第二案和第四案也能看出,若村是被人杀害的。"理以平静的口吻说道。他的发言乍一看互相矛盾,但秀之一瞬间便理解了其中的含义。

"是指死前留言吧。"

"是的。既已知道那两则死前留言是假的,那么在文中解释其含义的遗书自然也是伪造的。既然若村不是罪犯,那她自然不是自杀,而是他杀。"

秀之重重点头,催促理说下去。

"在第二起案子里,被害者从床上爬下来,从桌子的抽屉里取出纸牌。虽然我觉得这个很难做到,但姑且承认是事实吧。现在我希望你能仔细地思考一下,被害者的这番行为是什么时候完成的?"

"'什么时候'是指……"

"我的意思是,是在凶手面前完成的,还是在凶手离开房间后完成的。"

面对这个答案过于明显的问题,秀之不得不皱起了眉头。

"当然是在凶手离开房间后了。凶手在场时做这种事,只会让信息被抹掉,而且还会被补上最后一刀,不是吗?"

"这倒是。"理连连点头,说道,"好了,既然死亡推定时间是凌晨两点到三点,那么被害者留下那信息至迟是在凌晨三点。夏季天亮得再早,三点时外面还是黑的吧?而且旁边的窗户又拉着百叶帘。至于屋里的灯是什么情况,富小哥,你还记得吗?"

秀之清楚地记得关谷的证词。据他所言,虽然灯没开,但依靠从垃圾清扫口射入的阳光可以看清屋内。

"如此一来,就产生了另一个疑问。在一个没开灯,窗外也无灯光,一团漆黑的房间里,被害者如何能分清那四张牌?"

秀之忍不住低呼起来。

"就算是在凶手离去后才爬到桌边的,被害者也不可能看清牌的花色。因为灯没开啊。"理强有力地断言道,"情况如此,所以我想凶手也很难用遗书里写的那种方法来杀掉吉崎。用弓射出刀本身就已是难事,再加上看不清目标,这简直就是神迹啊。如果有必须这样杀人的理由倒也罢了,否则我难以想象凶手会采取这么不靠谱的手法。"

"也就是说,死前留言是假的,若村杀害吉崎也是不可能的?"

"对。"理表示肯定般地点了点头,"如果死前留言是假的,那么让被害者爬到桌子那边也好,关灯也好,也都是罪犯所为。当晚若村不在那房子里,绝无可能完成这些行动。因此,若村不是第二起案子的凶手,在第五起案子里她不是自杀。"

秀之理解了这些说明。

"那么,第四案的死前留言又是怎么回事呢?"

理轻轻闭上眼睛,说道:"那个就更简单了。被害者后脑受击,昏迷后被勒死,他根本不可能留下死前留言,不是吗?"

"欸?"

"这不是明摆着的事吗?还需要我解释吗?"

秀之摇摇头,但脑子里还是有点混乱。而理则开始汇总目前为止所做的推演。

"综上所述,可知第二案和第四案的死前留言是伪造的。因此,对其进行解释的遗书也不是若村本人所写。由此可以证明,第五起案子并非自杀案,而是真凶策划的连环杀人案之一。"

"而这一点又被荧光灯不亮和不出水的事实所补强,是吧?"

"是的。还要加上接下来我会解释的橡皮筋问题。"理略有些吊人胃口的意思,"好了,既已知道最后一案也是他杀,现在我就来说明从刚才的论证过程中派生出来的东西。大体而言有两点。我想这两点你都不会有异议。其一,这五个案子是同一凶手犯下的连环杀人案。"

秀之理所当然似的点点头,并不觉得这是什么新鲜观点。

"从伪造的遗书来看,最初罪犯打算陷害若村,将她的死伪装成自杀。准备可谓非常周到。罪犯为此设定了动机,还事先想好了死前留言。前面的所有命案似乎都收束于这最后一案了。换言之,我们可以认为某项意志贯穿了始终,从第一案开始就已存在。"

"应该是吧。"

"当然,把别人作的案也全部按在若村头上的可能也是有的,但那动机用来解释为何只杀四人,实在是太合适了。因此,认为这一连串杀人案是同一凶手所为,想来不会有错。"理铿锵有力地断言道,"再说从论证过程中派生出来的另一个点,也即从伪造的死前留言和遗书推导出来的某个结论,这个你应该也不会有异议。那就是,罪犯是 RRMC 的会员。"

秀之以眼神示意理往下说。

"理由之一在文中也已有人指出过,倘若没看过吉崎的姓氏系列,就很难想出那些用来陷害若村的死前留言。没看过魔术的人要从四张纸牌联想到若村的名字,我觉得有点难。此外,还有一个物理层面上的问题。伪造死前留言的只能是在吉崎家过夜的人。这是肯定的,因为凶手得把尸体从床上搬到桌前。"理长出了一口气,"然后呢,从遗书的内容也能得出同样的结论。这回是关于杀人手法的。文中为何不写入夜后悄悄潜入房间,而要写搭弓射刀杀害死者呢?因为凶手知道保安二科的人在监视前后门,若村没法进来——除此之外我想不出其他可能。否则，遗书里不可能写出如此乱来的手法。然而，那晚吉崎家受到严格监控可是一个秘密，应该没有传得世人皆知。而 RRMC 的成员则在第五案发生前的例会上知道了这件事。"

"所以，你才说罪犯是 RRMC 的会员啊。"

"是的。条件已经有那么多了，还得加上刚才我说的接下来会做解释的橡皮筋。"理的语声略显有气无力，与说话的内容成反比，"好了，现在就来说说那根橡皮筋吧。此处有几个论点，我先从把罪犯限定在 RRMC 内部的条件说起。其实富小哥也很快就看出了问题，若村讨厌橡皮筋，不可能把这种东西一直放在被炉上。毕竟摆的位置非常显眼，若村要是还活着，绝对会把它处理掉。然而，橡皮筋被搁在被炉上，没人处理，这究竟意味着什么呢？"

秀之确信般的回答道："意味着橡皮筋是若村死后掉在被炉上的。"

"没错。"理当即予以肯定，"从这一点也能看出第五案并非自杀。这个姑且不论，总之那根橡皮筋应该是凶手失落的。因为上野发现尸体时，那里已经有橡皮筋了。从罪犯离开到上野进屋的这段时间里，因自动锁的关系没有人能进来。既然如此，那橡皮筋就肯定是罪犯落下的。"

"原来如此。"

"且说那橡皮筋附有签名，正是在吉崎家遗失的那根，其他地方是得不到的。当然，这种小物件未必不能从各种途径获得，但它对此前我们提到的线索还是能起到补强作用的吧？虽然谈不上是决定性的，但罪犯应该就是 RRMC 的会员。"

秀之不能接受理的结论。

"这个就有点薄弱了吧。东西是罪犯落下的，到这里为止我能理解，但罪犯没捡起来则让我觉得奇怪。这可是相当不利的证据啊。好在没检出指纹，但这个毕竟会成为限定嫌疑人范围的条件。无论如何也应该捡起来才是吧？倒是有一种情况可能性更大——某个外人得到这根橡皮筋后，为了让大家以为凶手是 RRMC 的会员，故意把它丢在现场。"

然而，理稳如泰山。他摇头道："橡皮筋不可能被用作假线索。因为这是一桩把他杀伪装成自杀的案子。"

"欸？"

"你不明白吗？罪犯想的可是把他杀伪装成自杀。这是最基本的前提。倘若为嫁祸于人而设的陷阱否定了自杀这一结论，罪犯不就难办了吗？"

"啊，对啊。确实。"秀之退让了一步，"但是，罪犯为什么不捡起来呢？掉落的位置那么显眼，不可能看不见吧。应该一眼就能看到啊。只要拿走橡皮筋，就不会有任何问题。罪犯为什么不拿走于己大大不利的证物呢？"

理没有马上回应。列车长的广播阻挠了二人的对话。理悄然别过头去。

列车降速，发出咯吱咯吱的声响，在一个不知名的车站停了下来。门开了又关,没有一个人上来。列车仅停留了片刻,伴随着轻微的加速度,再次奔跑起来。窗外被一片绿色所覆盖。

理悄悄转回视线,面露平和的表情,耐心等待告知下一站站名的广播结束。不久,他眨了几下眼,悠然地回答了秀之的问题。

"因为看不见啊。"

"看不见?"秀之不解其意。

"当时屋内一团漆黑。"

"一团漆黑?"

"是的。罪犯失手没拿住包,里面的东西全倒了出来。不巧这时竟然停电了,屋里变得一团漆黑。"

"停电?"这意想不到的话令秀之大叫了一声。一个坐在四人席上、脸型瘦长似木屐的老人以锐利的眼神打量这边。

"没错。"理不慌不忙,冷静地开始说明,"我想多半是在结束一切行动,正要离去的时候,罪犯扯动拉绳关掉头上的荧光灯,只留那盏台灯。大概就是在这个时候,罪犯手里的包掉了。也许是口开着的缘故,也许是不走运,总之包里的东西全都撒出来了。"

"然后呢?"秀之催促道。

"恰好就在这时,停电了。罪犯完全不知道什么东西掉在了哪里。大部分东西都掉在地毯上,只有重量很轻的橡皮筋颇具讽刺意味地落在了被炉上。在吉崎家消失不见的时候,橡皮筋可能只是卡在了什么地方，而不是直接飞进包里的。好吧，先不说这个，总之罪犯靠摸索开启了把散落的物品全部拾起的任务。你还记得吗，地毯上起毛了，就像有人曾聚拢过什么东西似的。"

秀之想起来了，文中确实有这样的描述：淡蓝色地毯的绒毛朝一个方向竖起，叶子一直在注视这块地方。

"罪犯在黑暗中完成了这项任务。想来包并不是从很高的地方掉下来的，东西散得也不开吧。罪犯可能清楚包里的所有物品。"理继续说明，"但是，只有橡皮筋是例外。毕竟东西小，又是掉在了被炉上。罪犯肯定没意识到包里竟然还有橡皮筋。要是没停电，多半会好好地捡起来，但在什么也看不见的情况下，光是捡起散落在地毯上的东西，就已经竭尽全力了。"

"确实。"秀之点头道，"原来是有这样的隐情啊。这下我可明白了，为什么罪犯不得不留下如此重要的线索。"

理实诚地道谢过后，说道："说起来，要伪装成自杀却让空调一直开着，并关掉手边的台灯，我觉得有点奇怪。要么两边都关，要么两边都让它们开着。虽说世上有耽于细节的人，也有吊儿郎当的人，但同时拥有这两种性格的人很罕见。要伪装成自杀，就应该往其中的一个方向统一。所以我是这么想的，既然空调一直开着，就说明供电曾因某种缘故中断过，而台灯则是熄了没再亮起来。"

"对啊。台灯这类产品一旦熄灭，就算供电恢复了，也不会重新亮起来。"

"嗯。所以,我认为在罪犯离去后,或作案完成时,发生过一次停电。除非一直待到停电结束为止,否则罪犯无法再次打开台灯。"

秀之目光严肃地问理:"你是以这个为理由判断曾经发生过停电?"

"不。"理缓缓摇头,"不止这些。关于这一点,文中撒了许多线索。都是些非常细琐的伏线,很有田部学姐的风格。"

秀之不由得皱起眉头。

"我来解释一下吧。"理面沉似水,继续说道,"首先,最清晰的一条线索是若村公寓里的录像机。你还记得吗?录像机有三台之多,时间显示都在零点零分上闪动。这是一度切断电源后会发生的现象。当然,如果只有一台是这样,那也许是电源插头脱落了。可能只是后来又把插头插回去了。然而,不可思议的是,起居室里的所有录像机都变成了这样。很难想象三台机器的插头都曾脱落过。我认为,有过一次停电的想法更合情合理。"

秀之记得很清楚,那是一段对公寓起居室的描写。文中写道,三台机器的时间显示都在零点零分上闪动。秀之记得自己读的时候,曾经想过这可能是老机型,还不具备停电恢复功能。

"其次——这个也跟录像机有关,大槻警部那天没能录成他爱看的《魔术、魔术》节目。"理略显落寞地说,"当然,这条线索不能直接推导出有过停电的结论。也许是预约的设置方法有错，也许是时间搞岔了。光是这一条线索的话，只能给我们指出一个方向。不过呢，我觉得如果和其他事放在一起思考，它就成了极为有力的材料。"

秀之表示同意。理继续说明其他线索。

"下一条也是类似的线索。与内田警部补搭档的野崎刑警迟到了。定时器还是那个定时器，可那天他的音乐定时开关器没有正常运转。"

"音乐定时开关器？"

"是的。文中不是说了吗？野崎刑警拿音乐定时开关器当闹钟，上班路上不离随身听，属于那种与音乐共生的新人类。然后，迟到的理由也是什么音乐出了问题。如此看来，想成定时器没有正常工作，导致他没能按时醒来，应该不会有错。"

"原来如此。"秀之忍不住咂了一下舌。

"诚然，这条线索也可以说只能给我们指出一个方向。但我认为，事先设置让定时器在每天早上同一时间启动，其操作失误的可能性比录像定时预约更小。毕竟这差不多就跟闹钟不响一个样。可以说，还是停电的可能比较大吧。"理眯起眼睛，徐徐吐出一口气，"然后是最后一条。这条伏线充满女性的生活感，田部学姐以外的人怕是很难想出来的。这个表明有过停电的第四条线索，就是内田警部补便当盒里的冷冻烧卖不知为何馁了个彻底。"

"便当盒里的烧卖?!"秀之冒失地大叫起来。

理则以平和的语气答道:"是的。本不该馊的烧卖不知为何馊了。"

"不就是因为天太热了吗?"

"就算是夏天也不会馊成那样。"

"会不会是过期了?"

"唯有内田警部补身上不可能发生这种事。文中说了,他很注意生产日期,也不过度迷信冰箱。"

"这么说……"

"只能认为是停电导致冰箱不再运转,冷冻食品一度解冻后变质了。"

秀之目瞪口呆。与其说是钦佩,倒不如说惊愕感更为强烈。

"因停电的缘故,冰箱成了摆设。于是,虾仁烧卖坏了。烧卖上午就已经馊了,除此之外还能想出其他原因吗?"理满怀自信地断言道,"以上就是表明有过停电的伏线。细碎的线索共有四条。光靠其中一条可能是有些薄弱,但凑齐了这么多,我想就不能用一句偶然来解释了。所以我才推测当时是发生了停电,罪犯无法带走橡皮筋。"

"原来如此。说起来,这四个人的家确实离得很近。"秀之信服了,"看来有过停电是确凿无疑了。包脱手的瞬间,屋内突然变得一团漆黑,人确实会恐慌。罪犯慌里慌张地把掉落的东西收拢起来的情形,就像发生在我眼前似的。"

"嗯。"理点头道,"不过呢,这里你不觉得奇怪吗?罪犯应该是在黑暗中做这些事的。可从地毯的起毛情况来看,感觉不是一样一样地捡,而是把东西归拢在一处。仿佛眼睛已不起作用,只能靠触感。可是,罪犯为什么非得在黑暗中寻找东西呢?只要点个火不就行了吗?从心理层面来说,人总是希望用眼睛来确认是否漏捡了什么。事实上,橡皮筋不就捡漏了吗?罪犯为什么不把屋内弄得亮堂些,以避免这样的失误呢?"

秀之目光锐利,说道:"确实奇怪。那里的公寓用的是电磁炉,所以没有煤气炉,但若村放在卧室内的小型挎包里可是有打火机的。而被炉上则有一整箱蜡烛,所以把周围照亮一段时间应该不难。更何况,卧室里有火柴收藏品,玄关那边还有手电筒。"

"对。所以,这个反倒成了指明罪犯特征的线索。"理强有力地断言道,"从橡皮筋的线索推导出的结论里,最重要的部分可归纳如下。第一,当时罪犯没有随身携带火柴、打火机等能够点火的东西。也就是说,罪犯不吸烟。第二,罪犯不知道玄关那边有手电筒,对若村的房间也很陌生,以至于根本无心查看小型挎包在哪儿,火柴被放在什么地方。换言之,此人完全不知道室内的布局。"

"对啊!"秀之不由得大叫一声。坐在四人席上的老人满脸狐疑地探出身,再次打量这边。

"这是锁定罪犯的重要条件之一。"理全然不顾周围的目光,继续说道,"我再重复一遍,罪犯不是那种随身携带火柴或打火机的人。此外，罪犯不了解若村的公寓，不知道什么地方有什么东西。"

秀之连连点头。

"没问题。从橡皮筋做出的推导，是否已到此结束？"

"嗯，关于线索方面的，就是这些了。"理叹息似的说道，"至于整个案子，错综复杂的也只有停电这件事，所以不必对犯罪过程进行说明。凶手不过是来到公寓，拿刀刺死失去抵抗能力的若村，事先用同一种机型的文字处理机打出遗书，把它留在现场罢了。当然，由于中途碰上了停电的小插曲，罪犯把橡皮筋这个重大线索落在了现场。"

"原来如此。"

"好了，第五起案子就讨论到这里，现在我们进入第四起案子的说明吧。第四案为我们提供了另一个重大线索。"理进一步推进话题，"这起案子里的重要线索是自行车停放处的那两辆自行车——当然脚印也很重要。被害者关谷喜一郎用搞笑玩具干了一次恶作剧，对罪犯来说这是一个预想之外的变故。因此，最终导致了罪犯特征的大曝光。"

秀之以眼神催促理继续。

"停放处的自行车，一辆为被害者之子所有，是带变速器的越野车。另一辆是罪犯从自行车废弃场偷来的迷你车，由于被拴住了，罪犯回去时没能把它骑走。大槻警部详细检查泥潭中的脚印、车辙、贴在自行车上的泥巴、留在邻居家的脚印，推演出了罪犯的行动。那就是罪犯急着去参加讲座，遇到了本打算骑走的自行车被拴住的意外变故，不得已只能穿上被害者的鞋走过泥潭，盗窃隔壁家的自行车回去了。"理深深地叹了口气，"但是，这里有一个奇怪之处。那就是罪犯为什么不骑走关谷之子的自行车。要去自行车停放处只能走后门，所以如果骑或推自行车，必会在泥潭里留下痕迹。然而，那泥潭里只有罪犯骑自行车过来时留下的车辙，以及被害者的鞋留下的脚印，可见那辆越野车应该从未离开过停放处。这个又不是盂兰盆节回乡省亲时停在车站前的自行车，而是就在罪犯的眼前搁着的。明明眼前就有一辆不必冒险也能偷走，而且还没有上锁的轻便自行车，罪犯为什么不骑它呢？不用努力去解那链条锁，不用去偷隔壁家的自行车，只要跨上眼前的自行车就能骑到车站，然而罪犯却没有这么做，为什么？"

秀之歪下脑袋，说道："莫非其实并没有那么着急？"

"没这回事。"理断然否定道，"罪犯做了种种努力想解下链条锁，这多半是因为想骑着自行车回去。毕竟这辆车取自车站的废弃场，不太会成为查明真凶的线索。然后，从泥潭里的脚印来看，罪犯当时在奔跑，隔壁家的太太也说那人走得很急，一副着急上火的样子。讲座不能迟到也是一个原因。进而，罪犯明知危险也要去偷隔壁家的自行车。我认为罪犯那么着急，并不是表面装装样子。"

"那我就不懂了。文中写讲座的场景里，并没有提到谁受了不能骑自行车的伤，或是得了痔疮没法坐下。此外，不存在什么上坡路骑自行车不顶用之类的事，而罪犯又不是孩子，所以应该也不存在骑不了自行车或脚够不着地面的情况。说到底，罪犯既然偷了隔壁家的车，这些理由便通通无法成立。我是想不出其他理由了。"秀之投降了。

"是吗。"理眨了几下眼，"可是，你刚才的话里就有正确答案。"

"啊？"

"只要着眼于被盗的自行车与放着没动的自行车之间的车型差异即可。"理平静地说，"被盗的自行车是迷你型的，放着没动的自行车是运动型的，即所谓的越野车。罪犯不用关谷之子的自行车，是因为无法骑它。罪犯是一个能骑迷你车却不能骑越野车的人。"

"能骑迷你车却不能骑越野车的人？"秀之重复对方的话。

"是的。越野车和迷你车在构造上的最大差异是什么呢？两者差异甚多，比如车把的模样、变速器的有无、刹车系统的样式等。但最为显著的难道不是框架的形状吗？越野车将车把和鞍座连成了一条闭合曲线，而迷你车没有这个连接部分，无须扬起一条腿跨上鞍座。这项设计是迷你车的特征之一，使得穿裙子的女性也能轻易坐上鞍座。"

"对啊！"

"罪犯能骑迷你车，却不能骑'钻石框架'型的自行车。

此外，泥潭只有一米半宽，罪犯却无法轻松地跳过去。进而，为了通过泥潭，罪犯还不得不偷走被害者的鞋，以掩饰自己的脚印……根据以上事象，第四案的凶手形象已跃然纸上。换言之，当时罪犯脚下蹬着不适合跳跃的鞋，身上穿着不适合骑越野车的裙子——可能就是女性所独有的高跟鞋加紧身迷你裙的装束。"

秀之闷哼了一声。

"你的意思是，凶手是女人？"

理徐徐点头，脸色泰然得令人可畏。

"锁定罪犯的第二个重大线索——罪犯是女人。"

理的语声就像是在宣告什么，面如木屐的老人第三次向这边打量过来，眼中流露出怯色，而不再是怀疑的目光。

"自行车的线索啊。"秀之半是下意识地说道，脑中空白了一半。

"不光是这起案子，从第一案和第三案也能推导出罪犯是女人的结论。关于第四案我已经没什么可说的了，接下来就补强一下这个女性罪犯说吧。"理进一步加深论证，"第一案中的诡异之处在于用花斑绳做凶器。长度仅七十厘米，由三根绳子用胶水黏合而成，无论怎么看这凶器都不合适。勒脖子为什么要用这种东西呢？这一点非常不可思议。"

"可不是吗。"秀之附和道。

"原稿中多根井理提到了比拟杀人、操纵杀人，但从之后案件呈现出的样态来看，我觉得不太像。因此，大槻警部的观点恐怕最为妥当，也是解释这一诡异现象时第一个能想到的情况。也即这不是有计划的犯罪，所以罪犯没有预先准备凶器，又因没有其他趁手的工具，所以只好使用花斑绳。"

"说起来，那公园里确实没有任何可用作凶器的树枝或大石头。"秀之补充道。

"是的。被害者桥本又是区政府工作的，所以也不打领带，而且牛仔裤上没束皮带。被害者倒地后秋千也碰不到他了，周围又没有其他可以砸人的东西。唯一可用作凶器的就是被害者包里的那根绳子。"理精神抖擞，继续说道，"好了，现在我想请你思考一下。一个男人——当然也要看是什么装束——平常总会打个领带或束根皮带吧？RRMC 的成员都是下班后直接过来聚会的吧？不打领带也不束皮带的上班族，几乎是没有的吧？至于桥本嘛，他是例外中的例外。事实上，我们看描写例会的场面可知，关谷打着细细的、格子花纹的领带；河合穿着背带裤；吉崎也为了能挂上计步器，束了腰带；多根井也有腰带。哪一样拿出来当凶器，都比花斑绳好得多吧？如果凶手是男性，自然会利用这些东西。因此，从第一案中我们也同样能推导出凶手是女人。"

"原来如此。"秀之表示信服，"发生第一起案子的时候，就能大幅度缩小嫌疑人的范围了。"

"不，"理摇头道，"我认为严格来说并非如此。如果没有发生后面的命案，我们自然无法排除比拟杀人或操纵杀人的可能性，而且罪犯使用花斑绳的理由也可能会有别的解释。光靠第一起案子来证明，恐怕有点难。"

"从凶器的诡异性着手进行论证，未免缺乏说服力，是吗？"

"嗯。"理平静地点了点头，"好了，我们再来看第三案吧。这是一桩刺杀案，现场像血海一样，惨不忍睹。罪犯身上沾到了大量溅回的血，以致不得不在浴室清洗身子。被害者和罪犯应该都是一身血污。"

"应该是。"

"且说罪犯似乎是在被害者表演魔术时刺杀对方的。从道具上的溅血情况来看，这一点应该没错。凶手多半是在被害者毫无戒心地转过身或闭上眼睛时行动的。"理淡然地讲述道，"此处我希望你更为现实地来思考一下，罪犯被溅到了很多血，以致不得不清洗身子，那么身上的衣服情况又如何呢？既然是在看魔术，罪犯自然是穿着衣服的。毕竟不可能裸着身子看吧。就算能把染了血的衣物塞进包里带走，可她该怎么离开啊？虽说是夏天，但也不能只穿着内衣在街上走吧？那位管理员老太太也说过，从窗口前通过的人全都装束普通。穿着染血的衣服也好，近乎裸体也罢，都是不可能的。如此一来，能想到的只有一种可能。那就是罪犯偷了被害者家里的衣服，穿着它离开了。"

"被害者的衣服……"

"是的。现在请你回忆一下河合及他的妻子——郁子的体形。文中写道,'河合身材苗条,感觉腰身比女模特都细',而郁子也是'由肩及腰的曲线细得仿佛一掐即断'。换言之,要想穿上他们的衣服,一定得很瘦才行。虽说当时是夏天,就算解开一两个扣子也不奇怪,但还是得穿戴得像样一些,不至于让管理员老太太觉得可疑吧?因此,普通体格的男性应该是做不到的。"

秀之连连点头,大为信服。

"且容我再说一遍从第一案、第三案、第四案推导出的结论。凶手是女性,不系领带,不束皮带,踩着高跟鞋,穿着裙子。而且,这位女性凶手体形瘦削,跟河合差不多。"理铿锵有力、口齿清晰地断言道。声音相当洪亮。

然而,现在已无人回头。就连那个频频打量这边、面如木屐的老人也不再瞧他俩。

"好了,最后只剩下第二起案子没说了。从这起案子里我们也能明白一件事。虽然不像橡皮筋的线索、自行车的线索那样,能让我们获取重要的锁定条件,但也告诉了我们一些罪犯的特征。"理平静地继续做着说明,"首先,那间游戏室铺了地板,被害者是在屋子中央倒下的。不光是周围,整片地板上都未发现可疑的指纹。这就意味着,不光是手上的指纹,就连来去被害者尸体所在地的脚上的趾纹——相当于所谓的足迹——自然也是没有的。"

"脚上的'指纹'?"秀之皱了皱眉。

"对啊。手上有指纹，脚上自然也是有趾纹的。"理神色泰然地说，"铺地板的软垫都在屋内，罪犯要杀害被害者，就必须从地板上走过。吉崎家的拖鞋只有一双，这双拖鞋被脱卸在床边。因此，倘若罪犯赤着脚，脚上的趾纹必然会印在地板上。然而，地板上没有留下任何趾纹，也不见被抹消的痕迹。由是观之，罪犯在作案时穿着袜子。"

"也就是说，没有袜子的人和穿不了袜子的人都不是罪犯？"秀之带着确认的意味问道。

"嗯。既然现场没有趾纹，也不见被抹消的痕迹，那罪犯的脚上应该是穿着什么的。换言之，在吉崎房间的时候，罪犯不是光着脚的。按常识来讲，不是穿着袜子就是穿着拖鞋，但拖鞋在床边。罪犯用毛巾或别的东西裹住脚也不是不可以考虑，但如果是这样的话，还是擦地板更快一些吧。因此，我的结论是罪犯穿着袜子。"

"我明白了。"秀之重重点头，完全理解了对方的话。

"至此，所有锁定罪犯的条件都聚齐了。现在我不妨再次列出目前为止得出的结论。"理深深地吸了口气，如发布宣言似的说道，"条件一，这一系列命案是同一凶手所为；条件二，此人是 RRMC 的会员；条件三，罪犯不是那种随身携带火柴或打火机的人；条件四，凶手不熟悉若村的公寓，完全不知道什么地方放着什么东西；条件五，凶手是女性；条件六，罪犯没有携带或在包里放用作凶器的东西；条件七，罪犯不胖；条件八，罪犯杀人时穿着袜子。"

秀之难以抑制心中的兴奋，问道："这已经是全部了吗？"

理徐徐点头道："是啊。从现在开始，我想利用这些条件对嫌疑人依次作排除法。那么，无法排除、一直留到最后的那个人就必然是罪犯了。你看如何？"

秀之点头赞成。连他自己也知道自己的呼吸变得粗重了。

"那好，我们先排除桥本、吉崎、河合、关谷这四个无可争议的人。"理运用排除法开启了证明之旅，"首先，他们与条件不符。因为前面被杀的人无法杀死后面遇害的人。他们四个无法在第五案中写下遗书。其次，他们与条件三也不符。这四个人都抽烟，所以基本可以肯定他们随身带着打火机。然后，他们与条件五也不符。四人皆为男性，而罪犯必须是女性。排除！"

这一点没有疑问。其实根本就不需要说明。

"其次，可以排除若村。这个也无可争议吧？"理顺利地推进话题，"根据条件一，既然是同一凶手所为，那么在第五案中被杀的若村就不可能是罪犯。然后，她也不符合条件三和条件四。若村抽烟，小型拎包里有打火机，至于火柴收藏品和手电筒的位置，她自然也是一清二楚。若村也不可能在荧光灯和水龙头上犯错。在第二个案子里，她在物理层面上无法伪造那个死前留言。自然应该排除！"

秀之以眼神催促理往下说。

"接下来是中川。她与条件三不符。中川可是带着打火机的。关于最后的那场例会，文中在她抽外国烟的时候清清楚楚地写到了这一点。然后，她也不符合条件七。我们绝对不能说中川是一个瘦子吧，虽然这话对她很是失礼。文中反复写道，中川的体形像酒桶。她绝无可能穿上河合或郁子的衣服离开。排除！"理继续他的排除法，"下面再来看看上野。她与条件四不符，所以可以排除。RRMC的成员里，只有上野知道若村的公寓内哪里有手电筒、火柴收藏品被放在何处。她说发现尸体时，室内的布局和以前一样，所以就算停电了，她也几乎不会受到影响，能够把灯打开。此外，唯有上野一人不可能在荧光灯和水龙头上犯错。因为她和若村一起住过。因此，可以排除！"

秀之动作生硬地点了点头。他很紧张，已经说不出话来。

"接下来可以排除向井。因为她与条件六不符。在第一起案子里，向井身穿和服，而非洋装。换言之，她身上有腰带，可代替领带或皮带。所以就算不拿花斑绳当凶器，也能用腰带勒脖子。然后，她也不符合条件八。在第二起案子里，向井是参加完夏祭活动直接过来的，身上穿着日式单衣。因此，她光着脚，没穿袜子。当时向井身上没有袜子。"理深吸了一口气，"好了，下面不妨把侦探角色多根井也排除掉吧，这也算是为了消除你的疑虑。首先，你该知道他不符合条件二。多根井没见过若村那次的姓氏系列，所以无法伪造那个死前留言。然后，他也不符合条件五。多根井当然不是女性。文中写的是

'年轻男子'，而且内田警部补有一次还想他多半是去了歌舞伎町。虽说其实他去的是'深夜零点一分'酒吧之类的地方吧，但一般说到歌舞伎町，主要是指男人饮酒作乐的地方。这算是直接点明多根井是男性了。排除！"

秀之皱起眉头，说道："我可没怀疑他的性别。他在吉崎家脱下袜子，还被中川说了一句。读到这个地方，我也觉得中川像是在说'别把男人的脏脚丫子露出来'。"

理微微一笑。

"说自己没跟田部学姐在一个屋里待过，也暗示多根井是男性。"

"好啦好啦，我已经很清楚你不是罪犯了。"秀之稍有些不耐烦地说。

"OK。现在我们来排除最后一个人——'咱'。"理恢复了严肃的表情，说道，"这个人就别提了，在任何一个案子里都不可能是罪犯。首先，在第一起案子里，'咱'就在案发前表演过绳子魔术，手里有普通的绳子，没必要拿花斑绳当凶器。其次，在第二起案子里，'咱'的脚被烫伤，穿不了袜子，而之前穿的袜子又被剪刀剪开了，所以无袜可穿。因此，自然不可能在地板上留下趾纹。然后是第三起案子，'咱'有尖端恐惧症，不可能拿冰锥当凶器。而在第四起案子里，'咱'又拥有完美的不在场证明。最后，在第五起案子里，'咱'随身带着魔术道具纸火柴，点火不是难事。综上所述，'咱'与任何条件都不符，所以不可能是罪犯。排除！"

列车开始慢慢减速。不知不觉中窗外已转为街市的风景。这是一个夏天的早晨。眼前就是新干线的高架。无数条线路交错往来，一座座月台排列其间。不久，车厢内响起广播声，告知列车已抵达米原。乘客稀稀落落地站起身来。

"好了，我们一个一个地排除，已从十一人里排除了十人。现在就只剩下一个人了。刚才我也说过，最后剩下的那个无法排除的人，就算怎么看都不像罪犯，也必是真凶无疑。这个没问题吧？"

面对理叮问似的措辞，秀之点头表示认可。他抑制不住内心的急躁，连摇头都嫌麻烦。但理却平静而舒缓地继续讲述着。语气自然，如行云流水一般。

"这个罪犯其实很瘦，但因为有一张圆乎乎的脸，所以穿着衣服时看上去倒是鼓鼓囊囊的；此人参加讲座时，脚踩高跟鞋，身穿紧身迷你裙，跑上了楼梯；此人在一场平淡无奇的对话中被桥本参透了入会的真正目的，但未被其他人发现，从而深受众人的信赖……这个罪犯是大槻警部的友人的侄女，同时也是多根井的学姐。此人……没错，她正是小说的叙述者信田叶子——田部学姐。"

Ⅳ 急于赴死的理由

座位前的门开了,站内广播自然而然地传入耳中。一个动听而又机械式的女声反复播报着站名。

携带大行李的乘客表情疲惫地下到月台,一步一步缓慢地搬运着沉重的身子。如今已相当罕见的、背着婴儿的母亲,朝拥挤的检票口走去,意志坚强的双眸直直地望向前方。散开的头发随着微风轻轻荡漾,拂过孩子的脸颊。

面如木屐、曾数次向这边张望的老人是最后一个下车的。他珍而重之地拿起包,朝两人瞥了一眼,消失在人群之中。年纪虽大,脚下倒还硬朗。

到站的乘客全部下车后,几个貌似正要赶往公司的上班族进了车厢,个个神色都极为严肃,手上却捧着与表情不相称的少年漫画。他们随意挑选座位坐下,将公文包放在两腿之间,把漫画置于膝头,沉迷地读了起来。

列车要在米原站停靠五分钟。

站台被早晨匆忙的喧嚣所包裹。日头已相当毒辣,宣告着漫长一天的开始。断断续续的白线像闪烁的光带一样晃眼。开着的车门外吹入了少许干燥的风。这是清晨还未被加热的、凉爽的空气。

"罪犯是田部学姐。"理以镇静的语气重复了一遍。他表情平和,只是眼睛一眨也不眨,凝视着远方的某一点,似乎是在与赤裸裸的现实抗衡。他一定是在和自己得出的可怕结论对峙。

"这个……"秀之没有说下去。沉默降临在两人之间。

远处的小卖部里,一个身材良好的中年绅士买了水果牛奶。他当场"咕嘟咕嘟"喝完牛奶,"呼"地长出一口气,把奶瓶放进空箱。空箱旁摆着体育报纸,从这里也能看清上面的大字标题。巨人队好像又输了。或红或蓝或绿的文字被施以种种装饰,在纸面上活跃地蹦跳着。

"对不起。"理摇了摇头,"一旦静下来,感觉就会往更坏的方向发展。我自以为已经挺过了知道学姐是凶手时所受的打击。"

"理……"

"可是,一旦把结论说出口,还是……刚才我是希望你能再给我一点时间。"理望向秀之,两眼半开半闭,面露些许微笑,柔声说道。看来他已稍稍恢复从容,脸上现出了没有一丝阴霾的笑容,仿佛能把人吸入其中。

"谢谢。"

"嗯……?"

"既然富小哥没发现,那么新井先生肯定也什么都没看出来。这样我就能昂首挺胸地说一句'我完全搞不懂'了。"理语气平和,笑容不变,"我一直在烦恼该怎么把自己得出的结论告诉新井先生。也不知搪塞一句'我也没辙'是否可行。我没有信心让对方接受我的说辞。"

"是吗……"

"我想知道新井先生能察觉到什么地步,便找你来读这份原稿,想测试你能多大程度地接近真相。对不起,我拿别人当试验品,真的很差劲。"理坦率地低头道歉。

"没事,只要能帮上你的忙。"秀之说着,回以微笑。这时,站内响起了发车的信号。声音相当刺耳。更为响亮的汽笛声过后,车门关上了。风也没了。仅隔着一层玻璃窗的站台风景顿时远去。列车轻轻往后一顿,不久便缓缓地驶离了月台。

也许是破风而行的缘故,随着车速的提升,本已消失的风从窗外流淌进来。很舒服。虽然不够澄澈,但也没有市中心的那么污浊。那颜色格外通透,总觉得像是在宣告夏天的逝去。

"相比之下,我更想听你的后续解释。"待列车长的广播结束后,秀之开口道。车内十分安静。同在一个车厢的乘客可能是累了,见不到一个说话的人。能够听到的只有从窗边掠过的风声,以及列车"咔嚓咔嚓"摇晃着发出的、令人畅快的声音。

"本已排除的'咱'为什么就成了罪犯呢？这个你还没有解释啊。说到一半打住，可比拿别人做试验可恶多了。"秀之装出生气的样子。他非常清楚，立刻要求解释对理来说太残酷了。

"说得也是啊。既然读完了原稿，你就有权利听到完整的论证。"理轻轻点头，缓缓地低语道。声音干涩，毫无起伏。从中感觉不到动摇，也感觉不到迷茫。理的脸上露出清澈的、超脱一切的表情，仿佛已排除个人的感情，仿佛已领悟到了什么。

"单刀直入地说，这部小说设置了一个庞大的叙述性诡计。你知道这部小说是田部学姐写的，所以自然得出了'叙述者等于信田叶子等于咱，因此叶子不是罪犯'的结论……但是错了。事实并非如此。"

秀之皱起眉头："可是，田部学姐，也就是信田叶子，不正是这个故事的叙述者吗？既然如此，就一定是'叙述者等于信田叶子等于咱'啊。"

理平静地摇了摇头。

"等式的前半部分是成立的。但后半部分不成立。在第一人称的部分里，叶子从未用过人称代词，全都省略了。这就是标题《岁时记》的注音'ダイアリイ'的意义。这份原稿既是小说，同时也是日记，因此第一人称代词全都省略了。而这个假名注音则表达了这层含义。"

秀之擦去额头的汗，说道："我的脑子开始混乱了。你能否明明白白地解释一下？"

理假咳一声。清澈的眼眸表明他已渐渐接近平时的样子。

"意思就是，田部学姐——信田叶子是这部小说的叙述者。换言之，叙述者就是信田叶子。但是，小说中省略了第一人称代词'我'。也就是说，叙述者不是'咱'。'咱'不是第一人称代词，它和'我''俺''吾'之类的词不是一回事。"

"不是代词？"秀之几乎是在吼叫。

"对。所以，'咱'是名词，而非代词。所以你看，文中的'咱'都是用片假名写的。写成了'ボク'[1]。因为它就跟麦金尼、埃文斯一样，是表示外国人名的固有名词。"

"固有名词……"

"对。咱们社团的猜罪犯游戏不也是如此吗？'STAFF'并不是各部门工作人员的意思，而是有一个人名叫STAFF。和这个一样，'咱'也不是这部小说的叙述者使用的第一人称代词，而是单纯的固有名词，特指一个名叫'咱'的人。"

秀之困惑不已地问："也就是说，除了叶子，文中还有一个叫'咱'的登场人物？"

"嗯。所以，在第一章前半部分的聚会里，登场人物共有十一人，分别是吉崎宏树、关谷喜一郎、若村绫子、咱、河合康幸、桥本透、多根井理、中川香、上野美由纪、向井裕美

---

[1] 日语中的"僕"是第一人称代词，相当于"我"或"咱"。读音为"ぼく"（boku），用片假名书写则是"ボク"（boku）。作中作《岁时记》里出现的"咱"，在原文里均写作片假名的"ボク"。

子,以及省略了'我'这个人称代词、以第一人称视角叙述的信田叶子——田部学姐。"

秀之轻叹一声:"所以说,罪犯是田部学姐?"

理的脸色阴沉下来,但也只在片刻之间。

"是的。'咱'已经排除,但叶子无法排除。"

"我完全没想到这是两个不同的人。"秀之抱着脑袋说,"也就是说,这个叙述性诡计的要点在于对写作者的误认啊。一旦以为'咱'是叙述者,登场人物就会少一个。我所认为的写作者与实际的写作者出现了偏差。"

"没错。说得奇怪一点,这其实是一部伪装成第一人称视点小说的第一人称视点小说。"理悠悠地说道,"这个点子有先例和反例。我想田部学姐是把这两个组合起来了。两个点子都是咱们社团的前辈想出来的,那个先例是伪装成第三人称视点小说的第一人称视点小说,反例则是伪装成第一人称视点小说的第三人称视点小说。"

秀之眉头紧皱,侧头不解:"我不太懂你的意思。"

"是这样的,那个先例是省略了'我'的第一人称视点小说,乍一看像是用第三人称写的。因此,写作者从登场人物里消失,使得叙述者即罪犯的诡计大放异彩。"

"那反例呢?"

"反例是一个叫池上的人想出来的,与那个先例相反,小说以'我'的视点进行描写。乍一看像第一人称视点,其实小说是以一个名叫'我'的人物为视点进行描写的。就是这么一个诡计。"

秀之皱了皱眉:"一个人的名字叫'我'?"

"这是咱们社团的传统啦。"理显得有些尴尬,"总之,田部学姐融合了这两个点子,在一部省略了'我'的第一人称视点小说里,嵌入了'咱'这个像是第一人称代词的登场人物。进而又给'咱'赋予了绝无可能是凶手的条件。因此,除非能看破这个叙述性诡计,否则'咱等于信田叶子',田部学姐便不可能是罪犯。"

"好复杂的设计。"秀之苦笑道。

"不,其实比这更复杂。"理继续解释道,"小说中,叶子的第一人称叙述和以内田警部补为视点的第三人称叙述交互出现。前者如我刚才所言,文中运用了叙述性诡计,而后者没有任何机关,是普通的描述。换言之,在第一人称部分里,信田叶子貌似和'咱'是同一个人,但在纯粹的第三人称部分里,人们当然是不会搞错的。由于文中夹杂着真正的第三人称叙述,使得事态越发复杂了。"

"原来如此。若从内田警部补的视角来描述,叶子就得写成叶子,咱就得写成咱。要是第三人称部分突然出现了'咱'的名字,读者当然会觉得奇怪,立马就能明白除叶子之外还有一个叫'咱'的人。"

"是的。因此,文中把'咱'设定为与警方关系颇深的协助者，尽可能不让他在第三人称部分登场。因为不是嫌疑人，所以不必讯问。由此，这个人既不会出现，也不会在对话里被人提到。我想，其实'咱'多半是想成为警察吧，但因为国籍限制的问题，只能当一个协助者。"理说到这里，长吸了一口气，"但是，也不能让他完全不出场。作为嫌疑人，或者说是讯问对象，至少最初得列出 RRMC 成员一览。会员里都有谁，哪个人来参加聚会了，这些都不得不写吧。于是，在这个时候，作者运用了与第一人称部分相同的诡计，闯过了这一关。"

秀之点头道："现在回想起来就明白了。是在内田警部补去学校找参加过聚会的关谷问话的时候。看到关谷所说的'还有咱'，读者会以为他是指自己也参加了，但其实是'咱'也来了的意思。"

"对。只要注意到关谷自称时用的是'我'而不是'咱'，就能立刻明白。"理深深地吸了口气，"不过，虽说没怎么让'咱'登场，但他与叶子一次都不曾同时在场也会令人生疑，而且也需要给大家一个解释——因为是警方的协助者，所以不对他进行讯问。这个场景出现在第二章后半部分警方在吉崎家进行问话的时候。此处需要一定的技巧，以做到'咱'在场但又不写出'咱'这个字。于是，作者在此处用了一个小叙述性诡计。"

"小叙述性诡计？"

"是的。这个诡计跟'咱其实是一个人名'差不多，就出现在大槻警部的话里。你还记得吧，大槻警部说过一句话——

啊啊，夫人，听说是你报的警。"

秀之记得很清楚。这是大槻警部为了讯问，刚走进众人聚集的起居室时说的话。他对"夫人"说完这句话，又对地藏菩萨脸刑警说"夫人"差不多算是警方相关人员，问"能不能放'夫人'回去"。就在这时，外卖到了，于是这件事就不了了之了。当时秀之总有一种不协调感，觉得这强硬的做法不像大槻警部的风格。

"这一声'夫人'，并不是对已婚妇女的尊称，而是'咱'对外公开的别名。"理继续解释道，"此外，在第四章末尾，大槻警部说要请'夫人'协助调查关谷留下的死前留言。这里也一样，不是指关谷的妻子，而是指'夫人'这个人名。"

"'咱'的别名是'夫人'，真是怎么方便怎么来啊。"秀之皱起眉头。

理缓缓点头，说道："取名方式的背后存在扎实的理由——比如'喜欢 EQ 所以叫依井贵裕'，我想这种人其实是很罕见的。"

"话虽如此……"

"当然，学姐自己也很在意这一点，所以在第三章开头让叶子说了这么一句话——可以叫咱作'夫人'吗？当时室内冷气开得太足，多根井以为叶子因此讲起了冷笑话，还说出'我跟你换个位子'这种不着四六的话。其实叶子是在问，大家给'咱'取'夫人'这个别名，真的可以吗？"

"原来如此。"秀之附和道,"这个场景出现在大槻警部称呼'夫人'后的下一章,也即在刚使用这个叙述性诡计之后。"

"嗯。此外,其他地方也有线索。"理低声说道,"第一章开头写道吉崎表演了一个'咱是夫人'的压轴大戏。后来多根井受此影响,说了一句无聊的冷笑话'咱是内人'。现在我希望你能回忆一下,当时吉崎所擅长的、由他自己开发的魔术种类是什么。"

秀之毫不犹疑地答道:"姓氏系列吗?"

"没错。所以,如果'咱是夫人'这个魔术属于姓氏系列,那么既已出现'夫人'这个名字,不就意味着'咱'的别名是'夫人'吗?"

秀之不由得闷哼一声。

"最后……这个可能算不上伏线吧。请你翻到封面,再看一下章节标题。你应该发现了吧,取出各章节标题的第一个假名,可得到'butanohako'。调整其顺序,可得到'田部木之叶'(日语读作 tabukonoha)的名字。我们可对章节顺序也做同样的调整,然后取出末尾的假名串联起来,不就能得到'bokuhaoku[1]'这句话了吗?"

秀之望着原稿的封面,在脑中按"tabukonoha"的顺序排列标题。以此顺序提取最后一个假名,确实可得到"bokuhaoku"。

---

1 即"ぼくはおく","咱是夫人"之意。

他一直觉得这些标题颇为奇妙，与内容不符，完全没意识到里面隐藏着信息。

"好了，下面我就来证明文中确实使用了这个叙述性诡计，即把第一人称叙述伪装成另一个人的第一人称叙述，使某个登场人物不为读者所见。这方面的伏线也有很多。首先我要列出几个在写法方面引起我注意的地方。"

秀之点点头，示意理往下说。

"首先，每一章的前半部分是第一人称叙述，根据上下文关系，有很多描写我们只能认为是关于田部学姐的。比如，第一章里的'理听到厉声指责，向这边回以春风拂面般的笑容。''听她如此坦白，这边好像也不得不说些什么了'，等等；第二章里的'听关谷这么一问，感觉报复理的机会来了'；第三章里的'只能代为解释了。为了可爱的后辈，这也是没办法的事'，'姑且为后辈辩护一句'，'理严厉地瞪向这边'，可谓不胜枚举。认定这些地方是田部学姐——信田叶子——的第一人称叙述，应该不会有错。"理长出了一口气，"然而，如果把'咱'视为第一人称代词，有些地方读起来就会觉得奇怪。比如，第一章里写道'咱向众人露出了羞涩的笑容'，这句话就很怪。自己露出羞涩笑容的表述固然奇怪，视点也混乱了。还有一个经常出现的情况，比如'听了关谷的话，咱则摇着头说'这句。此前叶子一直在说话，如果'咱'是叶子的第一人称代词，那么就不该有个'则'字。'咱则'的话，就有一种'咱和叶子不是同一个人'的感觉。第二章里也有类似的句子，'咱则来了一个先发制人'里的'则'也该去掉。进而，文中有'咱'被烫伤后前往浴室的情节，但此后又写了很多'咱'不可能知道的事，比如中川用抹布擦拭地毯，比如麦金尼被吓呆了。文中描写了唯有起居室里的人才会知道的事，这不是很奇怪吗？"

"原来如此。读的时候疏忽了，听你这么一说，果然是很奇怪。"秀之半是折服地说。

"现在进入下一个阶段。这回我要拾取具体的伏线了。"理神情严肃，继续说道，"我想证明的是，'咱'并非第一人称代词，文中存在'我'这个被隐藏起来的叙述者。由于田部学姐——信田叶子——毫无疑问就是本文的叙述者，所以我只需指出文中另有一个名叫'咱'的人即可。换言之，只要能证明叶子和'咱'是两个人，这个叙述性诡计的使用便得到了证实。听明白了吗？"

这番复杂的话令秀之头脑发胀，但他还是点了点头。

"那好，首先我来证明登场人物有十一位。请你回忆一下第一章的前半部分，也即首次例会时座位的情况。"理说着，翻开手上的原稿，"众人把正方形的桌子拼接起来，在周围坐下。桌子共八张，一边坐一人，则座位数为十二个。此后，场景叙述跳跃不断，作者故意将伏线分散在各处。开始介绍观众团的时候，文中说长方形桌子的短边上坐着若村和另一个年轻女子；跳过几段后，说关谷独自一人坐在短边上；而在侍者收拾玻璃杯时，又说长方形桌子的长边坐满了人。综上所述，可知十二个座位坐了十一个人，只有一个是空着的。如果咱和叶子是同一个人，人数就对不上了。"

秀之屈指计算登场人物。吉崎宏树、关谷喜一郎、若村绫子、咱、河合康幸、桥本透、多根井理、中川香、上野美由纪、向井裕美子。确实只有十人。根据第二天关谷的证词，可知并无其他人来参加例会。这就意味着，如果叶子是咱，则缺了一人。可以说这是表明两人非同一个人的重大线索。

"再看下一个。请你回忆一下第三章后半部分关谷对矢野刑警说话时的场景。郁子见到凶器后跑进盥洗室，然后捧着乌龙茶回来了。当时关谷是这么说的——咱也是，明明酒没问题，却不能喝乌龙茶。"理翻到文字所在的页面，指着那段话说，"然而，关谷使用的第一人称代词不是'咱'。在第一章里，他以'我们五个，也就是……'起头，讲了五个人一起去旅行的事；在第二章前半部分，关谷向大家讲述给麦金尼接机的情况时，说'我俩一直在大厅等人……'，'在这期间，若村小姐和我也不知道原因……'；在第二章后半部分，面对警察的问话，他回答说'第一发现人是我和家政妇'，'我们几个都相当悠闲地度过了早晨这段时光'；在第三章前半部分，关谷邀请众人去他家，说'我工作的学校也正在放暑假'；在第三章后半部分，他和警察交谈时，说过'发烧友以外的人和我们素无来往'，'吉崎先生和我都曾请过多根井君'……"

"够了够了。"秀之阻止理继续举例，"总之，关谷使用的第一人称代词是'我'，而不是'咱'对吧？"

"嗯，没错。所以，'明明酒没问题，却不能喝乌龙茶'这句话说的不是关谷，而是'咱'。"

秀之歪下头，说道："这个有点薄弱吧。没准儿他只是在这一处没用'我'，而是用了'咱'。"

"不，没这回事。因为关谷明明能喝乌龙茶啊。"理断绝否定道，"也许当时他只为了不拂对方的好意，接过了茶杯。但是，喝乌龙茶的场景不止这一个。在吉崎家聚会时，'咱'被烫伤后，吉崎提议喝点凉的换换口味。向井记录每个人想喝的饮料，当时关谷要的就是乌龙茶。虽然文中没写到他喝，但既然点了乌龙茶，想必是能喝的。"

秀之翻到相应的页面，确认道："总之，关谷不是说自己，而是说一个叫'咱'的人不能喝乌龙茶？"

"是的。如果叶子就是'咱'，那么关谷自然会说'简直就跟信田小姐一样嘛'，不是吗？"理寻求认可似的问道。

"是啊。从上下文来看，我们不得不把'咱'理解为一个人名。"秀之点点头，表示赞同。

"看你已经接受，那咱们继续。你可以再留意一下RRMC会员的点餐方式。"理又用食指开始翻页，"在第五章前半部分，叶子解释说，由于会员众多，所以采取了自报姓名后点餐的方式。比如'不好意思,若村,冰牛奶咖啡'。事实上,在第一章前半部分,河合就是以这种方式点餐的——'不好意思,我是河合。我要比萨吐司套餐'。这么看来,同在第一章点过餐的'咱',当时说的也是自己的名字,不是吗?"

秀之重读了这段情节。那里写着"不好意思,咱,要姜汁汽水"。若村和河合都是人名,所以"咱"想必也是人名。更何况,既已规定自报姓名的点餐方式,这里的"咱"显然不是"我"的意思。

"'咱'使用的第一人称代词是'我',这个不用我像关谷的时候那样一一举例,你也该明白吧?"

秀之连忙点头。他可一点都不想听理滔滔不绝地引用原稿的内容。

"所以,这里并非'我想要姜汁汽水'的意思,而是在说'我叫咱,想点一杯姜汁汽水'。"

理的嗓音沙哑起来。看来是说累了。想必是因为昨晚打牌到半夜的缘故。他的语声起了变化,仿佛睡眠不足蔓延到了喉头部分。

"好了,咱们继续。这次我想请你回忆一下第四章前半部分与讲座有关的场景。极度不安的中川离场给关谷家打电话,确认关谷不在家后又回来了。当时众人就要不要去关谷家发生了小小的争执。对话里有一句是'现在就坐车去关谷先生家也是可以的'。就是这里。"理用手指划过那段文字,"问题在于这是谁的发言。首先,在此前后说话的叶子和上野显然可以排除。叶子对若村的提议'嗯'了一声表示同意,上野则说了一句惹人不快的话。其次,紧张得说不出话来的中川也可以排除。此前她连回话都做不到,问若村的那句'真的吗'是她终于能好好说出口的第一句话。而且想想那句话的内容,也不像中川说的。然后,向井也可以排除。中川打完电话回来时她问过一句'关谷先生在家吗',此后直到在咖啡馆点葡萄汁为止,都没开过口。进而,从那句话的内容来看,也不可能是若村说的。之前她刚刚提议明天去关谷家,而且对同一个人说话时措辞通常不会突然从随意变得客气。最后,多根井理也可以排除。从第三章前半部分众人准备去关谷家的那段情节可知,多根井是一个绝对不愿坐车的人。其他人不好说,唯有多根井绝无可能说什么'坐车去关谷先生家也是可以的'。"

"原来如此。"秀之猜到了理的意图,"如果叶子和'咱'是同一个人,就没人说这句话了。"

"可不是吗。除非认为这句话是叶子以外的另一个人——在文中写作'咱'的人——说的,否则根本无法解释。"

秀之同意理的观点。虽说也可能是某个无名氏,但是从目前为止的线索来看,可能性很低,仅停留在可能性的范畴。

"好了,现在进入下一阶段。接下来我要列举两人的不同特征。不同之处很多,不妨先从重要的开始说起。首先,叶子是左撇子,而'咱'是右撇子。"理一脸疲惫地说,"从叶子自杀未遂的伤口在右手腕上，可知她是左撇子。另外，第一章后半部分说她用右手压住记事本写字；第二章后半部分说她可能是被烫着了，朝拿着碗的右手吹气。这些都是表明叶子是左撇子的积极证据。此外还有一些消极证据，比如，在自动贩卖机前买饮料时动作笨拙，艰难地从检票口通过等。由于投币和塞入车票的地方大多是在右侧，用左手不方便，所以在外人看来就显得很笨拙。想来这些细节都是对叶子惯用左手的一种暗示。"

"原来如此。"

"至于另一边的'咱'，你可以回想一下第一章前半部分他表演绳子魔术时的场景。他把绳子拿在左手上，用剪子剪成三等份。换言之，'咱'是用右手拿剪刀的右撇子。此外，在第五章前半部分他表演了纸火柴魔术，此处文中清晰地告诉我们他惯用右手。因为表演时他说了一句很鬼扯的话——描摹惯用手而绘成的图中蕴含着灵力。"

每列举一处线索，理都会指出其所在的页面和段落。

"等一下。"秀之反驳道，"我记得第二个案子的凶手是右撇子吧？解剖结果书里应该提到过，从刀刺入的角度来看，凶手很可能是右撇子。"

"是这样。"理坦然点头道，"但是，这个说法成立的条件是被害者完全背对凶手，也即俯卧着，不是吗？"

"欸？"

"被害者总有侧身而眠的时候吧？比如身子的左侧在下，

露出半个背。在这种情况下,用左手也可以造成从右上方斜斜刺入的效果。"

秀之叹息似的说道:"确实。"

"那好,我们继续。第二个不同之处,叶子比若村矮,而'咱'比若村高。"理目光严肃地说,"你还记得第三章后半部分内田警部补等人进入河合卧室的场景吗?当时若村站在阳台附近,文中写道'身边是比她矮了半个头的叶子'。此场景是在室内,身高情况不受鞋跟之类的影响。可见叶子要比若村矮得多。"

秀之催促理继续。

"而在第四章前半部分,众人进入会场、确认关谷没来之后,文中是这样写的:若村保持着踮脚、挺直腰杆的姿势,抬头看向咱。踮脚时很难弯曲膝盖,因此可以认为这就是若村完全挺直时的身高。即便如此她也必须抬头看'咱',可见'咱'要比若村高得多。此场景是在和室里,大家肯定都脱了鞋。"

"对啊!"

"一个地方写叶子比若村矮,另一个地方写'咱'比若村高。虽说也有笔误的可能,但结合其他条件,还是认为叶子和'咱'不是同一个人更为合理。"

秀之点了点头,这回他毫无反驳的余地。

"接下来是我前面提到过的乌龙茶。"理用嘶哑的声音继续说道,"根据关谷的说法,'咱'不能喝乌龙茶。然而,文中叶子却喝过两回乌龙茶。一回是在吉崎家,'咱'被烫伤之后。另一回是在第四章后半部分内田警部补去买冷饮料，遇到叶子、多根井、若村三人的时候。"

秀之又读了一遍相关段落。前者所在的段落与理证明关谷能喝乌龙茶时读过的段落相同。后者则是在描写叶子笨拙地买果汁的地方。她买了咖啡、苹果汁、乌龙茶这三种饮料，把它们分发给若村和多根井，但文中没有写叶子喝的是什么。但是，若村失手掉落了罐装咖啡，理则一口气喝光了苹果汁，那么叶子喝的肯定就是乌龙茶了。虽说两处都没有描写喝的场景，但既然点了、买了，自然是能喝的。

"好了，接下来是尖端恐惧症。"理眨了好几下眼，说道，"第二章前半部分就已写明'咱'有尖端恐惧症，而在第三章后半部分，刑警展示凶器冰锥时，叶子一点也不害怕。就连郁子都跑盥洗室去了，可叶子却没有异常反应。此外，第一章后半部分多根井缝纽扣时，叶子也泰然自若。明明对方在用针，叶子却能以平和的目光注视他的一举一动。当然，所谓的尖端恐惧症可能只是'咱'演的一出戏，你大概会说这个线索不怎么靠谱。"

秀之摇了摇头。仅靠尖端恐惧症，"咱"是脱不了嫌疑的。秀之不觉得有什么利益能让他不惜演一场戏，而且还要演到被烫伤的地步。难以相信这么做对他有好处。

"进而，两人还有视力好坏的区别。"理长出一口气后，继续说道，"在第二章前半部分，关谷在吉崎家表演橡皮筋魔术时，在稍远处观看的'咱'抱怨说看不清这么精细的魔术。当时关谷说'不就是因为你眼睛不好还不戴眼镜吗'。然而，在第四章前半部分众人参加讲座时，叶子在末尾的位子上观赏橡皮筋魔术，把每个现象都看得一清二楚。她是摘掉没有度数的墨镜后进的房间，想来当时并没有戴眼镜。这里产生了矛盾。"

"确实。"秀之附和道。

"此外，'咱'在第五章前半部分说自己喜欢死前留言，可叶子在第三章前半部分说讨厌死前留言类的推理小说。"理已不再翻阅原稿，"然后，第一章前半部分说'咱'没看到若村的姓氏系列，但在第四章前半部分若村作证说叶子看过。进而，第一章前半部分写若村是 RRMC 唯一的女魔术师，却又说'咱'也是魔术师。换言之，'咱'其实是男性。而叶子是女性的事实，在第一章后半部分里就写得清清楚楚。"

"对啊！"秀之不知已感叹了几回。他微微塌下肩膀，视线在过道的地板上游移不定。

"证明就此终了。"理也一脸疲惫地叹了口气，"既然叶子和'咱'是两个人，那么'咱'就是一个实际存在的人物。因此，'咱'并非叶子所使用的第一人称代词。因此，这部小说使用了这样一个叙述性诡计——通过把对某个人的叙述伪装成第一人称叙述，使该登场人物不为读者所见。"

理的最后一句话被车厢内响起的广播声所掩盖。秀之似乎被这声音带动，抬起了垂下的头。窗外一望无际的水田不知何时被老街区所取代。那风景单调而缓慢地流动着，仿佛是在看电影慢进。列车放缓速度，不久便抵达了草津站。

"可是，理，"秀之将视线转回到理的身上，"说到底，这部小说就是罪犯的手记对吧？作者为什么要特地写下表明自己是凶手的线索呢？为什么要撒下使用叙述性诡计的伏线呢？说起来，作者为什么一定要使用这么复杂的叙述性诡计呢？"

"是啊。"面对秀之的疑问，理点了点头。随后他站起身，把原稿放到座位上，伸手从行李架上取下包。就在这时，列车启动了，理差点摔倒。他握住扶手勉强站稳，但反应颇为迟缓，看起来相当疲劳。

理好不容易拉开拉链，从中取出一只黄绿色的信封。其表面由色斑构成花纹，呈清爽的嫩芽色，使人联想起五月的风。信封正面只写着"多根井理收"，此外再无其他文字。这流利的笔迹出自女性之手。

"集体研修的期间，我去了田部学姐的夫家——多野先生的家。我想她要是留下了什么东西，就一定会放在那里。学姐也预见到了我的想法，确实留了一封信给我。正如我所想的那样，这个信封被放在猪罐里。"

"猪罐？"秀之不解其意，重复着理的话问道。

"对。前面我不是说过吗，把《岁时记》各章标题的头一个假名连在一起，就成了'butanohako'，意思就是'小猪的罐子'。"

听了理的话，秀之再次观看原稿封面上所列的章节标题。按此顺序把第一个假名连在一起，确实是"butanohako"。

"前面我已解释过，调整'butanohako'的假名顺序，可以得到'田部木之叶'的名字。顺带一提，'信田叶子'理应也能调整为'田部木之叶'。所以，'信田叶子'的真正读法不是新井先生所说的'shinodayouko'，而应该是'nobutahako'吧[1]。"理长长地换了口气，"学姐对这串假名极为执着。那是因为她的亡夫叫多野运（日语读作 tanohakobu）。这个名字也可通过调整'butanohako'得到。我不认为这只是单纯的巧合。毕竟学姐一直在不厌其烦地表示'我们注定相生相伴'。"

秀之摇了摇头。

"所以，这个猪罐……"

"没错，就是一个做成肥猪模样的大储蓄罐，有一个很小的开口，一旦把东西放进去，除非敲碎它，否则是拿不出来的。据说学姐常常往里面放一些暂时不想看到、不愿回想的东西。"理眼望远方，说道，"想必学姐也很犹豫，不知该把信放在何处。因为学姐不能让我以外的人找到它。毕竟旁人仅凭这封信就能知道自己是凶手。于是，学姐把信放进不敲碎就无法取出的猪罐，将提示埋藏在章节名里。"

"是这样啊。"秀之再次垂下眼帘。

---

[1] "信田叶子"在日语里既可读作"shinodayouko"，亦可读作"nobutahako"。

"这封信详细地说明了连环杀人的动机,以及不得不写下这部小说的理由。你可以看一下。"说着,理把信递向秀之。从信封的开口处可看见数张便笺,也是嫩芽色的。秀之心下犹豫,用右手接过信封。理面露沉痛之色,将装满东西的包放回到行李架上。

秀之慢慢地抽出信封里的东西。便笺有好几张,被叠得整整齐齐。

列车振动不止,不断地发出轻快的响声。灼烧后背的阳光亦洒在了便笺之上。

不经间向侧旁望去,只见理闭着眼睛,倚靠在扶手上睡着了。睡容安详。

秀之郑重地读起了信……

尾声

多根井君：

第一个发现这封信的人必是多根井君。因为除你之外应该没人能在读完《岁时记》后找到真相。回大阪的前一天，我嘱托婆婆，绝不可在多根井君以外的人面前打碎猪罐，展示里面的东西。因此，你会是第一次读到此信的人。

多根井君，你能马上明白我自杀的动机吧？你一定能出色地顺着我嵌入文中的伏线，推导出结论。但是，我不能在《岁时记》中写下动机。毕竟我不能直说"是因为我手上沾满了鲜血"。因为我的舅舅——父亲死后也对我照顾有加的舅舅——是警察。

我大体能预测出，我自杀后会发生什么。舅舅会单枪匹马去探寻真相，为我从深受打击到实施自杀的时间差而烦恼吧。他应该会寻找遗书，发现《岁时记》，然后向大槻警部询问情况。但是，舅舅无法读懂字里行间的信息，绝无可能明白我自杀的理由。于是,最终,他会采取最后的手段,找文中作为侦探角色登场的多根井君商量。

《岁时记》是我这个杀人凶手的手记,同时也是日记风格的遗书。里面详细记录了我必须自杀的理由及其来龙去脉。

我想在这封信里写下无法在《岁时记》里明言的杀人动机,说一说我个人的隐情,以解释我为何要留下叙述形态如此独特的遗书。

大学毕业、移居东京后,我遭遇了意想不到的厄运。从未设想过的不幸接踵而来,直到那一瞬间为止。降临在我身上的种种不幸,想来你已从我舅舅那里听说了。因飞机失事失去了丈夫,又失去了母亲,就连唯一的指望——孩子——也被夺走,我放弃了一切。

你知道的吧,丈夫去世时我曾试图自杀。半是癫狂地轻拉抵在手腕上的刀,微微渗出的血连成线,不久便缓缓地流淌下来……至今我都清楚地记得,自己就像一个旁人,在半梦半醒之中望着那光景。没有痛楚,也没有恐惧,我浑身无力,恍恍惚惚,茫然自失地看着那摊血慢慢漫延。心里只想着就这样安静地死去吧。

在此境况下,是不知不觉中已在体内生根发芽的小生命,给了我活下去的勇气。尽管自杀给身体带来了伤害,但腹中的胎儿当时竟安然无恙,简直就是奇迹。上天的启示——这个词在我心中掠过。养育好丈夫留给我的孩子,这是我今后存活于

尾声

世唯一的希望。

想来很多人都以为，我最后是连那孩子也没保住才自杀的。表面上确实是这样。胎儿流产时，我便已决定自杀。这是事实……但这只是片面的真相。我并非自然流产，而是人为地、被迫地失去了孩子，尽管那些人并非有意为之。

前面我写道，我放弃了一切。但说实话，只有孩子的事我没有放弃，只有孩子的事我无法全然放弃。丈夫的死也许是意外事故；母亲虽然年纪不大，但多半也是到了寿命。但孩子不是。我的孩子是被害死的。并非事故，并非天寿已尽，而是被人杀死的。

那是在收到母亲病危的通知、乘坐新干线返回大阪的时候。尽管事出突然，我还是幸运地买到了指定席，顺利地坐上了新干线。我坐在三人席靠窗的座位上。也许是当时正处于拥挤时段，许多商务人员把公文包放在过道上，互相推挤着站在那里，几乎无法挪动身子。

我就是在那时和 RRMC 的五人同席的。经常结伴旅行的五名成员：吉崎、关谷、桥本、河合、若村。两张三人席面对面，坐着包括我在内的六个人。没多久，那五人变起了戏法，就像是表演给我看似的。

然而，我没有闲心看他们表演。原因是香烟。打着旋儿的烟顷刻间充斥了狭小的空间，把空气污染得都发白了。多根井君应该知道我讨厌香烟。我大病初愈，身体状况欠佳，这次又是强行赶路，受此影响，人一下子就撑不住了。

他们注意到了我的情况，却没打算停止。五个人均摆出一副"我当然有权抽烟"的样子，心安理得地继续抽着，心里或许是在想"你觉得我们不好，我们还觉得你不好呢！"。每个人的眼睛都在对我说：讨厌烟味的话，去禁烟车厢不好吗？

于是，我没能开口叫他们停止吸烟。就算说了他们也不会听，而污染程度甚于公害的这片空间也已恢复不了原样。况且，我也没有勇气与五人为敌。

此外，我也出不了这节车厢。身前、身侧坐着那膝头相抵的五人，过道上挤满了商务人员。堵塞过道的公文包阻挡了前进的方向。我没有办法出去。

进而，站上三个小时直到抵达大阪，我这大病初愈的身子恐怕也吃不消。在餐车里熬一熬也是个办法，但那里也有人抽烟，且可能已经满座了。其实，原本我就没力气动弹。

最终我只能忍受，直到他们在京都站下车。不断的忍耐和煎熬。三个小时的头痛、恶心和呼吸困难。我精疲力竭，浑身乏力，像是丢了半条命似的坐在座位上。

此后，我遭到母亲去世的打击，卧床不起。然后就流产了。

多根井君，写到这里，你应该明白我话中的意思了。我并非因为受到打击而流产，而是被逼流产。那孩子是上天赐予我的宝物，在我试图自杀时，那孩子都平安无事。孩子的死不可能是因为我母亲的离世造成的。孩子是被杀死的。是那五人旁

尾声

若无人地抽烟，使腹中的胎儿被强行流产。

失去人生意义的我再次决定自杀。这回要采取更可靠的方法……但是，在此之前我要做一件事。我要把夺走那小小生命的五人一起带上黄泉之路。你不觉得这是理所应当的吗？否则我如何向天国的丈夫交代？

寻找那五个人并非难事，怎么看他们都是一群魔术师。对话中也几次出现RRMC这个名字。此外，他们好像是东京人，从东京站上车，一直说着东京话。依靠这些线索，我在百货商店的魔术用品专柜转了转，很容易就找到了他们五个。

后面的事如我在《岁时记》中所写的那样。提到新干线的事后，桥本想起我是谁了。我从他开始依次杀掉了五人。原以为每杀一人，其他人便会多一分防范之心，他们却没有。也许是因为我被视作外部人士，也许是因为我深受信赖，总之即使登门拜访，也完全没有受到过他们的怀疑。最后的若村我也毫不费力地把她杀了。

我把作案的详细经过以日记的形式记录下来，也即所谓的"罪犯的手记"。后来，我以此为基础创作了《岁时记》，用它来替代遗书。我的死是自杀，至于为何非得自行了断，则需要有一份写下其理由的文书。因为我无论如何都希望有一个人能理解我的动机。

但是，无论如何我都不能写明自己是凶手。虽说这一点非常重要，不写则遗书无以成立，但情势不允许我这么写。多根井君多半明白其中的缘由。遗书应该会公之于众。考虑到身为警察的舅舅和身为验尸官的姨母，只有这件事我是做不到的。

要写出可消解这一矛盾的遗书，唯有一条路可走。那就是用"密码"来书写，用秘密的记号来书写。除非手握解读的密钥，否则读了也不知其中的含义。乍一看像普通推理小说，某人读了则能理解这是一封遗书——唯一的方法就是以此形式写一部小说。

于是，我使用了那个叙述性诡计。舅舅必会读《岁时记》。但是，如果他意识到我是凶手可就糟了。因此，我不得不采取那么独特的叙述形态。但凡以为"咱"是第一人称代词，就绝无可能解读全文。

另一方面，为了能让人理解这是一封遗书，我必须留下我是凶手的伏线，必须嵌入线索使别人能合乎逻辑地推导出结论。同时我还必须埋下伏笔，好让人看出文中使用了叙述性诡计。为了能让人解明一切真相，我必须完成这些布置。

至于解读者，我指定了你，多根井君。我认为你能基于我准备的线索，搭建起一整套论证，于是就把你的名字用在了侦探角色上，这样舅舅必然会来找你商量。此外，我也事先对舅舅讲了多根井君的事，给他灌输了你的信息。

不能写在《岁时记》里的隐情已全部写完。我衷心祈祷是多根井君在看我的这封信。若是已读完，我希望你悄悄把信销毁，不要给我的舅舅看。至于舅舅托付你的事，你是否也能回答一句"无能为力"呢?

多根井君……

谢谢你。

我有好多话想说,可到头来却不知如何开口。明明已说不出任何话来……该告别了。所有心意化作一声"谢谢",就此结束这封信吧。你要好好的呀。永别了。

多根井理先生。

田部木之叶